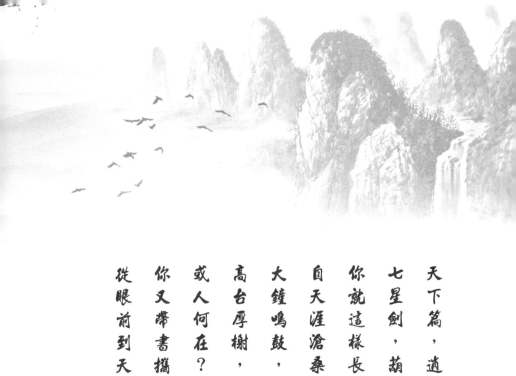

天下篇，逍遙遊
七星劍，葫蘆酒
你就這樣長身去了江湖
自天涯滄桑風塵回来的你
大鐘鳴鼓，琴瑟竽笙
高台厚榭，邃野之居
或人何在？或人何在？
你又帶書攜酒配劍
從眼前到天涯，一路過去

落花也有温柔的遠志
像人走向水涯
而裘褐為衣，棺桐三寸
張目奸逼切如大火逼你躍牆
身臨绝澗如閉目飛躍
而這一躍往何處去呢
流水也有悲壯的柔情

——摘自溫瑞安《山河錄》之華年

武俠經典新版
神州奇俠
溫瑞安 著
卷八
天下有雪
大結局

《天下有雪》自序

過去現在未來

「神州奇俠」八部，始撰於一九七七年末，於一九八〇年八月完成，故事人物主要是依據我身邊朋友的性格和遭遇而寫的。這套書出版後一個月，我出了事情，之後我的生活起了極大的變動，老友各散東西。

一九七七年至八〇年是我辦「神州詩社」的全盛期，數年之內，由數人至百數十人，這本書可以說是爲「神州」而寫的。寫完後，詩社也煙消雲散。如無意外，我不擬再辦類似的社團。（這末一句是在一七八四年「流亡」、「寄居」香江寫下的。但到今天（九八年），我又「故態復萌」、「照板煮碗」，照樣重辦了「自成一派」、「朋友工作室」，沒辦法，這叫自討苦吃，也叫自尋快活。）

「神州奇俠」故事，除這八部外，還有外傳「大宗師」四部，後傳「大俠傳奇」三部，以及別傳「唐方一戰」（註：「唐方一戰」已在九〇年前後寫峻，不過內容跟「神州奇俠」正傳情節關係不大。）和續傳「蜀中唐門」，後面二部，到今天爲止，

溫瑞安

還有很多朋友和讀者，寫信來催促我，問我開筆沒有，寫好了沒有？還有很多意摯情深的讀者友和讀者，希望我能維持「神州奇俠」的風格，不要更易，一旦更易，那就不像是我的風格了。

「神州奇俠」與「大宗師」同時撰寫，那段時期，我著實非常忙碌，辦社務、辦活動、辦雜誌、辦座談會、辦出版社，還有寫詩、寫散文、寫評論，純文學的作品寫得決不比武俠小說少，兼而教武、改稿、廣交朋友、出動推廣、到處演講、四處旅行；跟一班兄弟朋友天天心懷大志，熱鬧一起，但寫來悠閒從容，既不倦，也不累，卻不知爲何，來港以後，寫起來就沒這般從容不迫，雖然這三年多來，畢竟也寫了二十多部的書。唯「神州奇俠」此書仍是我的至愛和少作，此系列版本之多，也算奇蹟。這套書常使我緬懷過去「神州社」的日子和朋友——但逝去的歲月永不再來，我重新出版這部書，便是以新的胸襟去擁抱未來、把握現在。

我是個活在當前、前進式的人物。

僅與讀者共勉之。

稿於一九八四年七月五日

小方新工作方式申請得成

校於一九九三年十月十三至十四

日初擬北京、上海行／方二妹代電各省各路豪傑議訂匯版稅法／劉新風、陳墨等編纂「中國現代武俠小說鑑賞辭典」多處收入我之資料、書介、簡介。

修訂於一九九八年一月廿九日大年初二開年

從銘都到名都與展昭、呼晴、家和、葉浩唱卡拉OK到天亮／北嶺街對面吃開年飯，派利是于鄰家小孩，看他高高興興，自己也高興／炮竹喧天／康寄放君可全面引吭高歌／有路不赴／過年與余梁何康共渡溫馨，這段時期誰一起熬過來，誰冷漠不理得失寸心知

溫瑞安

神州奇俠 天下有雪
正傳系列之八

目錄

第一齣　雪勢

一　少林寺前

蕭秋水記得有一次，曾問過他的弟兄們，活著，爲了什麼？

李黑沈吟半晌，答：「生要盡歡。」

胡福慎重地說：「死能無憾。」

鐵星月和大肚和尙也都答了：

「但求義所當爲。」

「只願無枉此生。」

他也曾問過唐方。那時在江邊，月色好美。唐方指著水流說：「逝者如斯，沒有人問它流去哪裡。」唐方抿嘴燦然一笑道：

「你是船，若沒有舟子，流水，它就無心了。」

想到這裡，蕭秋水心裡就一陣痛，覺得他自己對不起唐方。唐方，唐方，妳在哪裡？他也用這一個問題，問了燕狂徒。

燕狂徒聽了他的話，像從來沒見過他這個人似的，然後也像是從來也沒想過會有這個問題似的，瞪了他老半天後，抓腮搔腦，忽然舒出了一口大氣，反問了一個很奇怪的問題：

「我是活著的嗎？」

蕭秋水被反問問得一愣，道：「我們能走路，會說話，當然是活著的。」

燕狂徒問：「能走路、會說話，就是活著嗎？」燕狂徒繼續問：「那麼爲什麼不能走路、不會說話，就不算活著？人生短短數十荏苒，跟天際流星閃逝，無甚分別……天地萬物，短短幾十年，就算傲嘯煙雲，又算不算得活著？」

蕭秋水無辭以對。

燕狂徒笑道：「我想岔了。你問我的，我實說不出什麼大道理來，只得照實答吧！我年幼的時候，很苦，一天到晚，只夢想做大人物，鮮衣怒馬，叱吒風雲。年輕時懷大志，要做大事，找各家各門比試，以爲自己才能絕世，自恃自負，捨我其誰，要成爲武林第一人。壯年時，覺得天下間許多事，原來是虛幻的，但又不甘落實和平凡，便愈發興之所至，無所不爲。暮年時便遭各大門派之截殺，倖得不死，居然才有些珍惜起生命來……」燕狂徒苦笑了一下，聳了聳肩，又道：「你若問我一生得到了些什麼？沒有。只是這一生無過可悔，僅痛快二字而已。」

他又補了一句：「尋求痛快，普通動物也曉得；你問我這個，實在是問錯了人。」

蕭秋水默然半晌，自嘲地笑笑，道：「那麼問前輩另一件事，可一定問對人了。」

燕狂徒眨眨眼睛，捉狹地道：「這可不一定囉。何況你問的，我不一定答。」燕狂徒喜與人抬槓，蕭秋水實奈何不得他，只好誠懇地道：

「我們第二個要去的地方，先生至此總可以相告了吧？」

燕狂徒瞪了他一眼，沈默良久。

沈默良久之後，燕狂徒終於說話了。

「少林、武當。」

少林派，在數百年來，一直是武林的圭臬，不少武學大宗師，都出身少林，直至現在，十位武術名家之中，至少有七位跟少林武技，或多或少有些關係。

而武當則係近百年來，若論內家心法、上乘氣功，勢大人眾，精英輩出，武當一直在武林前三名之內。

燕狂徒要找少林、武當，爲了什麼？

——蕭秋水便這樣地問了。

「我要告訴現存的少林和武當一句話。」

「現在各大門派中，死傷散亡，所存無幾，這是武林中歷劫大難，極少見之凋局。在這種弱肉強食、群強並立中，已經產生百年未見之困局：此刻女真人入侵中原，兩朝踞立，宋方居然不求戰勝，而女真之後，又有韃子虎視眈眈。江湖中爾虞我詐，各銖兩悉稱，拚得你死我活，到頭來必兩敗俱傷。眼下權力幫與朱大天王，已鬥得強弩之末。『四大世家』、『七大名劍』、『三大劍派』、『三大奇門』，……也所剩無幾，潰不成軍。『十六門派』，早已是一盤散沙，試問這種局面，這幾百年來，幾曾有過？……」

「少林、武當，畢竟是武林兩大宗主，在這番詭譎風暴中，雙方死的多，傷的也多，但兩派根基，紮得深、植得厚，究竟還是不可動搖的。……所以我要他們兩派聯合起來，萬勿再重蹈麥城擂臺之會，兩派同道鬥得不亦樂乎，別人也瞧得不亦快哉！」

「——兩派要聯合起來，第一點：就是將兩派武功，無私相獻，讓其弟子兼修兩家之長。如此五年之內，兩派便足有當日『權力幫』或『朱大天王』的實力，十年之內，可重新領袖武林……」

「我要做這件事，便要趁現在。趁現在，少林還有個抱殘，武當還有個卓非凡。

而且趁我還未死……」

「這件事你覺得怎樣？」最後，燕狂徒這樣地問蕭秋水。

蕭秋水跳了起來。

他整個地跳了起來。

要不是他的手不能動彈，他好想去擁抱燕狂徒，去握燕狂徒的手。

他現在感覺到那烏江的日頭，那濺起的水花，他兄弟們和唐方在馬上激烈而意興風發的衝殺。

他忘了那些兄弟曾出賣過他。他忘了那些兄弟所剩下已無多。他忘了記憶裡的孤寂與屈辱。……而他現在面對的燕狂徒，已不像他前輩，反而像他的兄弟。他大聲說：

「好！」

「我……我早知道是這件事，你就算再綁住我雙腿，我爬著也要跟去！」

「那先去少林，還是先上武當？」

「只到少林。」

「那麼武當……」

「武當就在少林。」

「？」

「此刻武當俗家子弟中，相傳最卓越不凡的人物，卓非凡，已到了少林！他正偕同少林南院的護法地眼，前往求見少林地極而不遇。我此時去，正當他們興頭上，難保不招疑竇。只是此時不去，尙待何時？何況我若去了第三個地方後，就不一定再能管這勞什子事兒了。」

蕭秋水聽得心下一沈。他在沿途上，已經是第二次聽得狂傲不羈的燕狂徒，說起辦「第三件事」的難以逆料，全無信心。

他們到少林寺時，已是暮秋十月梢。大地萬物，十分蕭索。

威震天下的少林寺，並不似想像中那麼宏大莊嚴，不甚高的山門，幾個少林小沙彌，在門口打掃落葉而已。想達摩高僧東渡而來，在少林寺創下佛門禪宗，並授予各種健身壯體強魄養氣的武功，使得少林寺成爲求佛法義理的重地，也成了武林尊奉的聖地。

少林寺面對奇岩峻石，令人望而卻步，但寺內卻十分簡樸清雅，寂靜得連掃樹葉的聲音，以及遠處院內傳來幾聲練武時叱喝聲，也顯得無比寂寞。

燕狂徒一到廟門，便不耐煩，說：「要是我來這裡當和尙，一定留長頭髮，在門口敲鑼打鼓，來個聞香下馬，再加個七蛇香肉大雜燴……哈哈哈，既然要出家，就不拘俗，何必戒這戒那？」

蕭秋水背著他走，入了山門，卻屢聞這「老前輩」出言不遜之至。一個掃地的沙彌聽了，瞪了他們一眼，返身便跑了進去。燕狂徒笑笑，也不理會，只催蕭秋水快些進廟。

蕭秋水不禁遲疑：「咱們也不通知人家一聲嗎？」

燕狂徒笑啐道：「下帖子麼？我可不會寫字！」

蕭秋水總覺有些不妥。這時山門內忽跨出兩人。這兩個灰衣僧人出得門檻，看見兩人怪形怪狀，呆了一呆，一人粗聲叱道：

「什麼東西，在少林寺前亂說話！」

這兩人若前來好好打話還就算了，這般一喝，燕狂徒可蹩不住氣，回罵道：

「和尚是什麼東西，頂上沒毛的老道罷了！」

他此語一出，說得極亮，在少林門內門外的和尚僧人，無一不勃然大怒。而且在院內樹蔭下，正有一道士與一僧人對弈，旁邊有數名僧道，也紛紛倏然色變。

那兩名灰衣僧人，因知今日有武當派的道友來寺，更是怠慢不得，處處要表現少林寺那武林宗主的氣派才行，豈料偏生有人在今日搗亂，自己二人司掌山門，豈能失了少林的威風？那粗聲大氣的和尚叱道：

「何方妖輩，敢來少林撒野!?」

另一個黑和尚也道：「豈有此理！少林寺豈是容你胡鬧的地方，快回去！」

燕狂徒忽然笑嘻嘻地問了一句：

「你要剩下幾隻牙齒？」

兩僧一呆。燕狂徒向那大嗓門的和尚說：「你破鑼般的嗓子，令人生厭，待我打掉你幾隻牙齒，只剩下八隻臼齒吃東西，便不算虧待你了。」又轉頭向另一個和尚道：

「你留人一條退路，我就只打落你一枚犬齒好了。」

兩僧怒極，這番話簡直沒將他們放在眼裡。兩僧齊大喝一聲，那大聲說話的僧人，搶先出手，「少林神拳」，直擊面門。

他一拳擊出，不少僧人都在旁邊啫啫稱歎，心裡暗忖：鐵石師兄的拳法，又精進了許多，難怪被派守山門重任了……可是就在這時，那坐在青年肩上的老者，只一揚手，卻有兩聲響，兩僧蹌踉而退。

鐵石哇地一吐，足足吐出了二十二隻牙齒來，而另一個和尚，用手向口腔一挖，一枚牙齒鬆脫落在掌中。眾皆駭然。

此人出手之迅快無倫暫且不說，而出手間即擊中兩人，難得的是同樣出掌，輕重大異，更可怕的是鐵石和尚的臼齒，一隻未落，而鐵心滿口牙齒，卻恰好只被摑下一枚犬齒！

——不管敵人如何犀利，但到少林寺來撒野，絕容他不得！

當下僧衣閃動，數十僧人，在片刻間已佈好陣勢，各佔方位，少林鐘聲，徐徐敲響。燕狂徒打量了一下和尚們敵視的目光，拍拍蕭秋水額頭，笑道：

「是不是？我總說，狗拿耗子，多管閒事！看人家把我們當什麼來辦著！」

蕭秋水心裡極崇敬少林派的宗主地位，很不願無理鬧事，當下道：「老前輩，有話好說，這個時候，還是免傷和氣的好……」

燕狂徒猶有餘恚，道：「你看到的了，是他們先來挑釁……」

蕭秋水歎道：「前輩您說過，若武林中人人爲爭強鬥勝，不能化干戈爲玉帛，今後數十年將是神州未有之慘局。」

燕狂徒想了一想，終於道：「好，依你一次！」便揚聲道：

「喂，諸位和尚兄、道士老友，我們不要打了好不好？咱們談談正經事——」

忽然兩人掠出了山門。這兩人一掠了出來，山門上的銅環被急風震得嘎嘎亂響。這兩人十分龐碩，人一站攏上來，幾乎一人等於兩個半以上的人。其中一人只喝了一聲，而且只有一個字：

「滾！」

燕狂徒一生，豈曾被人如此喝過，這一聲喝下來，蕭秋水的心，也沈了下去；這兩人雖看來是少林寺中輩份極高的僧人，但燕狂徒一生桀傲不馴，這一聲「滾」，這兩人勢必要付出代價。

燕狂徒的臉上忽然沒了笑容。那碩壯的僧人，也不知怎的，被他那股迫人的氣勢，駭退了半步。這僧人佛號「天斗」，與其師兄二人爲少林寺鎭山監守的「雷霆二僧」。

這師兄叫做天象，生得稜然有威，脾氣火爆，不過卻有大家風範，見此人目光一厲，竟如此奪人心神，知非常人，便道：

「這位老丈，卻不知敝寺有何冒犯之處，致使老丈動怒如此？」

燕狂徒臉上的凌厲之色忽去。忽涎笑臉道：「我來此目的無他，不過是他媽媽欠我的一筆債未還清。」他說「他媽媽」的時候，目光向天斗瞧去。

天象聽得一呆，便向天斗看去。天斗聽得燕狂徒所言，也是楞了一楞。原來他未出家前，他媽媽的確欠了人家一屁股的債務未清，如今人家追上門來，卻也難堪得很。便懵然道：

「這……這……真的？」

卻見燕狂徒嬉皮笑臉，皺眉聳肩，正在向他做著鬼臉，心裡頓時明白過來，可謂無名火三千丈，氣得脹紅了臉，狂吼一聲，右手脹得厲紅，粗大了整整一倍，一掌向燕狂徒推了過來。

他這一掌推出，場中都充滿讚歎之聲和羨慕的神色，原來這天斗和尚打的是「大手印」，這一掌比起鐵石的「少林神拳」，可又不知高明精深了多少倍，所以連鐵石也喝了一聲采，心裡恨不得這一掌能將燕狂徒的胸膛打癟了下去。只是他的牙齒剩下沒幾顆，一聲喝采，也叫得極爲含糊了。

燕狂徒見眾人叫好，便有意折辱這個和尚。

天斗一掌向他衝來，蕭秋水見這和尚居然不知死活，敢對燕狂徒下重手，心中想保全此人，不忍見他莫名其妙死於燕狂徒手下，忽一腳踢去！

天斗掌劈燕狂徒，卻也有暗自留心這青年有何異動，不料蕭秋水一出腳，只見沙塵濛濛一片，「砰」地一聲，已中了一腳，倒飛出七八尺遠，奇的是，心口處一陣熱辣辣痛，片刻便過，運功一試，竟絲毫沒有受傷。

燕狂徒低聲冷哼道：「你若不聽話，偏要出手，待我連你腿上的穴道也封了，可怨不得我！」

蕭秋水知這狂人說得出，做得到，只好說：「好，我不出手，但你不可下殺手。」

燕狂徒冷笑道：「他們跟我無怨無仇，這只不過口舌之爭，我心裡清楚得很。只是我的爲人，這些芝麻綠豆的小事，我偏要嘔一口氣……教訓教訓他們便了，殺了——倒污了我的手！」後面兩句，說得特別大聲，在場的人，都聽得一清二楚。

蕭秋水情知這人脾氣，暗歎一口氣，再不言語，唯有靜待情形的發展。

蕭秋水以「忘情天書」中的「土掩」技法出腳，一腳踹走了天斗，而不傷他，若天斗知機，當可免受辱，可惜天斗的脾氣，可謂「死牛一邊頸」，他運起「大手印」厲不可摧的功力，卻給蕭秋水一腳踢走，可謂在同門以及武當派道士面前摔了個觔斗，丟了臉，這口氣哪裡嚥得下？於是猛吼一聲，雙掌一分，漲大三倍，掌心赤紅，透背可視，這次是衝著蕭秋水來的。

誰知他雙掌眼見要印上蕭秋水胸膛時，那青年肩上的怪老人，驀然一翻，一伸手就把自己提了上來。

天斗只覺自己臉上一陣刺痛，不禁呱呱大叫起來，接著才知道那怪老人竟是扯著自己的左耳，將自己整個人拎了上來。

只聽燕狂徒喝道：

「滾！」

說著隨手一甩，偌大一個身形，真的給他扔出了丈餘遠，「叭」的跌在地上，還咕蹓蹓的滾了幾個轉，勉強站起來，又「啪」地坐倒，一摸左耳，只見一掌都是鮮血淋漓，一時氣得幾乎要哭出來，再按下去，才知道耳朵還在，一顆心才算放了下來。

燕狂徒笑著睇他：「你叫人滾，現在你嘗嘗『滾』的滋味。」

這時場中的人，多半看得眼睛發直，原先在觀棋的兩名道人，已掠至門前。門前圍了一大群僧人在觀戰。這些僧人有的老弱不堪，或年尙幼的。煮飯、伙夫、打雜、掃地、畜牧、種菜的皆有，這些和尙們，在少林寺是領份閒職，佛學既不多體悟，武功也平庸，在這等寂寞生涯裡，正恨不得天天有人打架給他們看，更何況今日捱揍的似乎是平日對他們頤指氣使的天斗師兄！他們一面看著，一面在臉上設法不要顯出幸災樂禍的表情來。

天斗可也真剽悍，他一旦能動時，就一躍而起，這次他十分小心、警惕地接近燕狂徒，既留意老的，更提防小的，心裡正暗罵：不知這一老一少，在使什麼妖法！但他還是以爲憑自己的一雙肉掌，終能把對方打倒！

他第三次發動時已蓄全力，嗚嘩怪嘯，雙掌併發，天象情知師弟可能不敵，也掠上來，「小般若掌」直戳而出，一面大叫道：

「看招！」

這人未出指前先招呼一聲，甚是光明磊落。蕭秋水對這天象頗有好感，見他眉揚目威，他日必有所成，很不希望燕狂徒傷他，當下暗運腿功，準備必要時相救。

燕狂徒見這人使的是佛門極厲害，而潛力也最無可限量的「小般若禪功」，心裡也覺此人年紀輕輕，頗爲難得，但仍看也不看，一拳打去，一面又喝了一聲道：

「滾！」

這一拳就打在天象的手心上。其時天象正運使「小般若禪功」，這種功力，運功時手掌半尺之範圍內，有一層淡淡的白霧，這佛門內家功力，可以說是無可抵禦的。但燕狂徒這一拳打下去，天象只覺對方拳上，既似有勁，又似無勁，驟然之間，連他掌上所發出去的勁道都消失無蹤了。

他自己卻給一種超乎自身的大力捲起，橫撞出去，恰好撞向師弟天斗的「大手印」上，他心中一慌，暗叫：今番糟矣！卻不料自己雙掌，隨著那股莫名的震盪，傳自手臂，「呼」地拍了出去、跟「大手印」一對，「格格」二聲，天斗被「小般若禪功」直逼了出去，「叭」地又跌到了丈外地上，滾了三四個跟斗，才勉強止住滾勢。

只聽那老人哈哈大笑。天象心中猛想起已逝的掌門師父說過一種駭人聽聞的絕世武功：「薪盡火傳」神功！心念一動，幾乎叫出聲來。

天斗又霍地跳了起來，頓腳指著天象罵道：「你幹什麼？打起自己人來著！」他給天象震得連摔幾跤，很是沒臉，只好破口大罵。他卻不知掌力雖是天象的，但令他摔觔斗的還是燕狂徒所捲帶至天象身上的巧勁。

這時場中忽躍下兩名道人，這兩人雖不碩頎，但甚高大，兩人行至燕、蕭身前，幾乎比燕狂徒騎在蕭秋水肩上還高，足足遮住了日頭，只聽一道人冷哼道：

「兩位師兄，且讓貧道來代勞罷。」

另一人道：「天斗師兄請休息一下，讓咱們也來見識一下這位老先生的奇功怪招。」語音竟似是強忍住揶揄的笑意。

二　武當・少林

天斗不聽猶可，一聽更心頭火起。原來這兩名道人，也是武當派鎮守山門的，都是掌門子弟，一個叫大風，一個叫金風。那金風道人見天斗跌得狼狽，說話中便禁不住透露嘲笑之意。

天斗怎肯在武當派面前失威，大喝一聲，漫天掌影，先護住己身，衝至蕭秋水身前，一掌陡然翻出，向上托去！

他這一掌是「天罡北斗」，掌力極大，而且上下兼顧，既可防燕狂徒撲擊，亦可禦蕭秋水側擊；大風、金風二人見這和尚使出此招，不禁笑意一斂。

不料燕狂徒還是一探手，迅速而精確地，又拑住了他右耳，「呼」地一聲，再將他拋了出去，滾出了七八丈遠。他這回，真個咿咿哎哎，一時爬不起來。

金風、大風對望一眼，知是勁敵，清嘯二聲，兩劍同時拔出，左指天，右朝地，劍勢嗡動不已，兩人腳步不丁不八，向左右散開，又漸向前推進。

燕狂徒只看了一眼，亦笑罵道：

「又是『兩儀劍陣』，武當待客，不會玩點新花樣麼!?」

兩道臉色一沈，呼嘯一聲，兩劍迅若遊龍，左刺「天柱」，右刺「華蓋」！

燕狂徒一見劍勢，只見兩劍雖筆直刺來，但劍身不住嗡動，看似快直，但劍意曲伏不定，以這兩道年紀，居然能將「兩儀劍法」使得如此精妙，已經實在非常難得。

可惜他們遇到的是燕狂徒。

燕狂徒一出手，就摽住劍鋒。

他以兩隻手指，夾住劍鋒，就似一棍子敲在蛇的七寸上，劍勢立止，連劍身蓄勢的彈動，也消解於無形。

他左邊一拑即中，但右邊的清瞿道人，居然迴劍反刺，削向燕狂徒手脈寸關尺！

燕狂徒低喝一聲：「好！」他若縮手，兩儀劍陣威力立成；若不收手閃躲，只怕便要傷在此人劍下。

可惜他遇到的是燕狂徒。

燕狂徒一揚手，就打飛了大風的劍。

而且在未抽手打飛大風的劍前，還拗斷了金風道人的劍。

他用的是同一隻手。

大風呆如木雞，金風更汗如雨下，他現在才知道他笑得有多可笑。

燕狂徒揮揮手道：

「去吧，年紀輕輕，有此功力，已經不易了。」

大風道人忽然長揖到地，拜謝道：「多謝前輩不殺之恩……」

燕狂徒揮手不耐地道：「去罷，叫你們的卓師叔來，我有話對他說——」

他這句話才講到一半，大風忽然欺近，「砰砰」二掌，打在他胸膛上。

燕狂徒在這剎那間，非常震訝，尤其是兩件事：

一、這中年道士居然已會使武當正宗「先天無上罡氣」，這種內功，非三十年以上的苦練無法學得，這道人居然會使！

二、這道士看來神清骨秀，卻如此險詐！

旁人中了這兩掌，早已震得五臟六腑離了位，這一下事出倉然，連燕狂徒也不及閃躲，但畢竟來得及運功護體，這兩掌擊在燕狂徒胸上，比平常人給女人撒嬌時敲搥兩下，沒什麼兩樣。

燕狂徒卻大喝一聲。

大風只覺如晴天霹靂，當堂震住。

燕狂徒本可出手殺了他，但想起他答應蕭秋水不殺人的允諾，當下正正反反幾記耳光，就摑了過去，罵道：「虧你還是武林正派子弟，卻作出如此卑鄙暗算的行為！」

金風見燕狂徒如此當眾羞辱師兄，也便要衝過來，另外天斗、天象，都怒叱撲來，四下僧人，也磨拳擦掌，這時只聽一人道：

「是什麼東西，敢辱我派弟子！」

燕狂徒停止了掌嘴的手，兩條人影一閃，立將眼前一片滿天星斗中的大風道士接了過去；燕狂徒只見身邊團團圍了八個道士，手執長劍，各佔方位，圈外四角，又有四名道姑，凝劍向著自己。無論哪一個角度，都絲毫沒有闖出去的機會，燕狂徒卻皺眉嘖道：

「又玩『四象八卦劍陣』，怎麼武林中都是這些煩人的架式……放下放下，讓我坐著來跟雜毛們玩玩兒。」

蕭秋水自是不肯離去，他知道燕狂徒一雙腿因真氣走岔，才告癱瘓，日前功力未復，而武當派的「四象八卦劍陣」則是天下聞名的。

燕狂徒低聲道：「我們早約好過，這是我的戰役，你不准插手，你若不走，我便點了你的腿上穴道。」

蕭秋水暗歎一聲，放下燕狂徒，默默行了開去。當先的一名鐵臉老道，見蕭秋水離開，正中下懷，道：「是啦，不關事的走開。」他們初還憚忌這老人的武功，但見他一雙腿風癱，而背他的人又行開去，還怕他飛上天？當下大為放心。

其中一名道士，較為老成持重，問：「老先生若要見我師叔，為何不先通報姓名？」

燕狂徒不耐煩地道：「反正見你們這些師叔師伯師公什麼的……總有勞什子的關要過，待我把你們統統都放倒後，看他出不出來！」

這十二道人一聽，更是火上加油，一名黃臉老道說：「既是如此，便得罪了。」「刷」地一聲，十二人劍如銀虹，方位走動，令人眼花撩亂。

燕狂徒冷笑道：「憑你們也得罪不了我！」

前面行八卦陣的八人，終於捺不住，一齊出劍，好似八條銀龍，前、後、左、右、上、下、中、側，八柄劍不但攻出了八招殺著，也封鎖了燕狂徒的一切活路。

燕狂徒坐在地上，他不能動。

「八卦劍陣」的創始人張山峰說過：八卦劍陣一但發動，如果調訓的好，功力勻稱的話，足可抵擋比他們其中任一人都強十倍以上的敵手。

就算比他們結陣中任一人都強廿倍的高手，也很難擊散這個陣勢。

——何況「八卦劍陣」外，武當派卓非凡還加了個「四象陣」。

這十二人一旦發動，可謂天衣無縫。

燕狂徒只是一個不良於行的老人。

但就在「八卦劍陣」甫一發動，他們就聽到倒下去的聲音。

四個人倒下去的聲音。

燕狂徒不知何時，竟出了陣，「四象陣」還未發動，就給燕狂徒破了。

八名道人，心下一沈，就在這刹那間，心意稍怯，燕狂徒一手按地，陡地升起，一手抓住一名道人的肩膊。

八名道人，身法尙在遊走，但一人給燕狂徒制住，「砰」地撞中一名同伴，那同伴又碰著了另一夥伴，那夥伴又絆著了另一人……如此八人在片刻間都跌作一團；燕狂徒拍了拍手，微微笑道：

「十幾年前，這陣我也破了一次，殺了三個人，這次你們進步了……」

這名震江湖的大陣，不知困盡多少英雄，難倒多少高手，卻給燕狂徒舉手投足間盡破，而且還附加評語說：「進步了……」

這時武當大風、少林無象聽燕狂徒的說話，乍想起一人，念及一段武林舊事，齊齊失聲叫道：「你！你是燕狂徒……!!!」

此語一出，一眾皆驚。

楚人燕狂徒的名字，在二十年前，可謂驚天動地，被公認爲「武林第一人」。在兩年前再度出現，也鬧得天翻地覆；而今居然又在此地出現！

燕狂徒橫掃了大風、天象等一眼，淡淡地道：

「小子，還算你有見識！」

大風給他橫了一眼，心下一寒，但在他心裡隨即而生的念頭是：一個人的武功若能無敵天下，那該多威風！真是要風得風，要雨得雨。天象卻想：天下竟有這等深湛武功，燕狂徒可以學得，我豈有苦練不得的道理……

這一僧一道，俱是武當少林的精英，天賦奇慧，卻都因燕狂徒此役而生志氣，不過想法卻迥然不同。他日在武林中各造成了一番風雲際遇。（這段故事在「神州奇俠」外傳「大宗師」系列中有詳述及。）

其他的人聽得居然是昔日名動八表、叱吒風雲的楚人燕狂徒來到，都駭怖茫然，不知所措。

忽聽天象叱喝道：「就算你是燕狂徒，膽敢私闖少林寺，我們也要領教一下。」

燕狂徒心下裡暗佩服這和尚的膽色，卻笑道：「難道你還沒領教夠麼？」

天象大步踏了出來，唸了一聲佛號：忽然隨著這一聲佛號，又走出十七名僧人來。

燕狂徒搖了搖頭，笑道：「人愈來愈多，款式卻愈來愈老，有什麼用？……我看這『十八羅漢陣』，卻也不必擺了。」

但是他的話說完的時候，「十八羅漢陣」不但已經佈上，而且已經發動了。

燕狂徒長嘆中出手。

他不願殺傷這些和尚，但是少林羅漢陣，強悍密實，要破之而不流血，實非易事。

他的出手一擊，十八羅漢居然吃了下來。

羅漢陣未破，依然對他發出排山倒海般的壓力。

燕狂徒微感駭異，又出了手，十八羅漢再接了一記，陣勢微挫，但瞬即恢復。

燕狂徒這才知道這數百年來，飲譽江湖的「十八羅漢陣」，確有其牢不可破的地位。

燕狂徒第三次出了手。

這次「十八羅漢陣」仍然未破，但也等於破了。

因爲燕狂徒已看出了這陣勢的「罩門」。

人有罩門。正如蛇的七寸，象的耳朵，鱷魚的腹部一般，都是牠們的「罩門」。陣勢亦有「罩門」。正如一頭公牛，把牠激怒後，反而覷出牠的破綻，一矛刺入牠的腦門去。

燕狂徒出了三次手，激怒了這頭「牛」。他也看出牛的武器在哪裡。

——天象！

這年輕而軒然的僧人，便是這陣中的「牛角」。陣中一切所蓄發的力道，全爲了給這一對「角」試鋒。

發現了這一點後，燕狂徒只要再多做一件事，就可以了。

只要他下一次出手，對準天象！

他很不願意傷害這勇氣十足的和尙，但他亦不願意自己的名譽受損。

——天下豈有人造的陣勢能困得住我楚人燕狂徒的！

他只好出手。

就在這時，一人用一種很平靜的聲音道：

「天象既困不住能人，何不立即停陣？」

只聽一個聲音悻悻地道：

「停！」

十八羅漢立即停止，身形僵立不動，但仍然包圍著燕狂徒，燕狂徒滿不在乎地斜睨上去，只見山門上端然站著兩個人，一僧一俗。

燕狂徒瞇著眼睛笑了。

他要找的人來了，至少來了一個。

那俗家子弟四十開外，滿臉春風，膚帶棗色，神色十分安然，正是武當俗家子弟中，號稱「聲望最隆、地位最高、武功最好、人緣最廣」的首席高手，「劍若飛龍」卓非凡。

另一僧人卻大目無眉，臉長而狹，望上去一雙眼睛如兩盞綠火一般，正是南少林寺監地眼大師。

燕狂徒笑道：「你們來了，好極好極，我正要找你們。」

卓非凡笑道：「多謝燕前輩手下留情。」

燕狂徒大笑道：「若他們再不停手，我留情就留不住面子囉。」

卓非凡道：「其實前輩只要再出手一招，陣中就難免傷亡了。」

地眼大師在擂台會中，親眼見大永老人被這狂人三聲震死，不由他不暗自惶慄，但又不服卓非凡所言，冷冷地插口道：

「若非卓施主叫停，現在究竟是誰躺在地下，也未可預見呢！」

燕狂徒忽然繃緊了臉色，揚聲大問：「少林寺的主持呢？少林寺沒有主持人嗎？」

這樣呼嚷了幾聲，少林、武當的子弟臉上，俱呈尷尬之色，皆望向地眼。地眼大師強忍一口氣，道：

「北少林方丈已撒手塵寰，南少林主持也赴極樂西天……老衲忝爲少林代……」

話未說完，即聽燕狂徒逕自嚷道：

「和尚大師、天正老僧，想當年，你們與我一戰，何等膽色，何等威風……而今你們死後，竟將大好少林的掌教，空懸無人麼!?」如此反覆仰天叫嚷了幾次，目中無人，可謂已極，地眼氣得鼻子都歪了。

卓非凡輕咳一聲，道：「燕前輩，此刻少林主持就在你面前，請不必呼叫。」

「爲什麼不叫？」燕狂徒每一句話都響遏行雲，並指著天象道：

「我寧見少林寺讓這小和尚當主持，也不想看見那些利欲薰心的人來沽名釣譽！」

地眼大師忍無可忍，跨前一步，叱道：「狂徒！你這是什麼意思？」

燕狂徒根本就不去答他的話，向卓非凡道：「你快把老和尚抱殘請出來，只有他，還有資格聽我的話。」

卓非凡苦笑道：「在下這次來，也是想拜會抱殘神僧，只是連地眼大師也數十年未見神僧，實不知他還在不在世間……」

燕狂徒嗒然道：「若他不在，我的話武當算有人聽了，但少林卻又有誰聽？」

地眼大師湊前一步，正待發作，但回心一想，燕狂徒武藝高強，是得罪不得的，只好強忍怒氣，道：

「阿彌陀佛，有什麼事，燕前輩只管說，老衲還作得起主。」

燕狂徒冷冷地道：「你作得起主？你本是南少林的僧人，而今北宗樹倒猢猻未散，你趕快跑來這裡，要自立爲宗主，可謂不自量力之至，少林門人不說話，我可說得！我就是瞧不順眼！」

地眼登時只有吹鬍子突眼珠的份兒，明知武功奈何他不得，出手只自取其辱，給他這一番搶白，臉色一陣青、一陣白。卓非凡身爲少林朋友，實瞧不過去，輕咳一聲，又道：

「燕前輩，地眼大師是一宗之主，亦是有道高僧，先生如果給在下面子，當然更應尊重大師方是。」

燕狂徒斜睨了他一眼，道：「你的兒子好卑鄙，你的人倒不賴！」

提起卓勁秋，卓非凡心裡一陣沈痛，歎道：「犬子在擂臺種種劣行，我亦有所風聞，他已遭報應……唉，都是我教養無方之過。」

燕狂徒點點頭道：「先不談你兒子，談談正事。你們少林、武當，再不聯合，只怕禍亡無日了。」

此語可謂「危言聳聽」已極，眾皆動容。地眼冷笑了一聲，燕狂徒厲聲道：

「你有話要說，不會用嘴巴說麼？卻用鼻子來哼，就算牛也不能用鼻子來吃草！」

地眼給他一輪又一輪叱喝，實在難以抵受，罵道：「你自恃武功高強，就罵得人麼!?老衲高興用鼻子說話，你管得著！」

燕狂徒倒是一笑，道：「嗄，對了，這還倒有點掌門人的威勢。」便不去理會他，逕自向卓非凡道：「你們武當的武功，要學少林的；少林的武功，也要向武當公開，如此才可免此大劫。」

就算燕狂徒這番話說出來，在場的人明知是對的，只怕也難以聽得進去——少林和武當，雖然友好，但畢竟各有淵源，是兩大派系，而且時有明爭暗鬥，幸因同是出家人，不乏內外兼修的精英，故不致演變成其他幫派私鬥血流成河事件，但也不無衝突，且向來誰也不服誰的，兩派人物，早有心使門戶聲勢壯大，壓過對方；而今燕狂徒這一說，等於叫他們放棄門戶之見，兩邊的人，臉上都呈尷尬之色。

卓非凡乾笑一聲：「燕先生言之有理，少林武功，博大精深，武當該當好好學習才是……我也常向地眼大師請教少林外家功力法門，得益非淺……不過嘛……若將兩家武功公開切磋，恐傷感情……若交換練習，練功要門，又大相逕庭，恐畫虎不成反類犬，貪多嚼不爛，乃是習武大忌……」

燕狂徒叱道：「胡說，閉門造車，拘泥不變，搞小圈圈，氣狹心窄，才是習武者大忌！……武當功夫，重內家修爲，多走陰柔一路，當然也有外家純陽的功力修爲；但點到即止。少林者側重於外家武功，走陽剛一脈，內家功夫呼吸打坐，雖有兼修，但仍不離硬功的路子。你們二派，正可互相參照，互爲奧援！」

卓非凡聽了這一番話後，大爲所動，但江湖武林的派系觀念，豈能在一時三刻間便能消解？卓非凡當下道：

「前輩好意，在下心領，少林、武當，本就道義上守望相顧，又何需反在武功上刻意求功呢……」

燕狂徒截斷冷笑道：「守望相助？在長板坡上，眾目睽睽下，武當、少林爲了個『神州結義』盟主之位，爭得個頭破血流。」說著用手一指地眼，又回指卓非凡，道：

「他弟子、你兒子，兩人打得不亦樂乎，叫天下英雄笑脫了大牙……這叫互爲照顧麼！嘿，嘿！」後面兩下笑聲，不僅不像笑聲，反而像狠狠地罵了兩聲。

卓非凡道：「我們兩派子弟中，確有爭強鬥勝的，疏於管教……但兩派武功，基礎不同，而且各有淵源，同時並學，可能弄巧反拙！」

地眼也道：「少林是少林，武當是武當，兩派可以共同禦敵，但友誼再好也不能將武功交換！」

燕狂徒冷笑道：「有什麼不能？『四象八卦陣』，若加個『十八羅漢』和『兩儀劍陣』，就未必困我不住！」

這一句話倒說得卓非凡乍然一醒，心想：說得倒也有理！他一直爲「兩儀劍陣」的威力不夠、和「四象八卦陣」的漏洞而苦惱，殫精竭智，也想不出辦法來改善，以爲已到了陣法的極限，燕狂徒這般一提，他倒是如同電殛，全身一震，只是傳統的派別觀念依然太深，腦子裡亂烘烘的，彷彿他先輩高手的聲音都在喊道：不可能的！怎可能呢！源出於武當的獨步祕傳，怎可參證於少林!?

這時地眼道：「不能！絕對不可能！佛道異途，怎可混爲一談！佛道妙諦，自是不同，所練法門，以及過程目的，自是大相違背！」燕狂徒火樣般的眉毛一揚，道：

「不同？」忽然「呼」地一掌劈出！

這一掌推出時，手掌陡然腫大一倍餘，而且隱透紫紅，在旁的天象失聲呼道：

「大手印！」這密宗「大手印」功夫，反而讓禪宗少林練到了爐火純青，但燕狂徒這一招使來，更是登峰造極，卻不知燕狂徒怎學得來？

地眼大師對燕狂徒甚懼，但「大手印」是少林武功，他自問尚破得了，當下「嗖」地一聲，「參合指」指勁破空彈出。

掌心之處，正是「大手印」的練功罩門，只要射破掌心，「大手印」不攻自破，就在指風就要射到燕狂徒的手心之際，燕狂徒手腋的袖袍，忽然捲揚起來。

這袖裾激揚，如波浪一般，剎那間已將「參合指」消解於無形。這次到大風道人禁不住脫口呼道：

「『千山重疊』！」

原來從武當山南嚴宮上眺望，可謂千山重疊，而武當派先祖將一股內息，隨著峰勢運轉，大可以佈陣勢壓敵，小亦可以一擊一拂之力應用之。燕狂徒以袖風將「千山重疊」使得綿延無盡，便是這種絕學修爲之上乘。

燕狂徒以「千山重疊」，引去「參合指」的純力，地眼眼見燕狂徒掌已及胸，他畢竟是一代宗師，猛一吸氣，胸膛竟癟了下去，燕狂徒這一掌便告擊空。

燕狂徒雙腿癱瘓，無法追擊，由於他生得十分雄壯高大，坐起來也可擊到對方胸部。只見燕狂徒易掌爲爪，赫然竟是少林派的「金剛佛爪功」！

地眼這下避不過去，胸前衣襟，便給抓住；地眼凶悍敢拚，低頭一偏，便以光頭頂了過去！

地眼大師的「鐵頭功」，可不是一般的「鐵頭功」，別人最多只能開碑裂石，他卻可以碎斷劍鋒！

那一次浣花溪畔一役，劍鋒正刺往他的腦門去！

握劍的人也絕未料及地眼的頭並未穿窟窿，反而是劍崩了口！

當時握劍的人是齊公子！

「四指快劍」齊公子！

連齊公子的快劍也被地眼大師的頭一頭撞斷過！

但他這一次，的確是撞中了燕狂徒的肚！

可是那不像肚子，卻像一團棉花！

這團棉花卻吸住了他。

他猛然想起，武當有一種內功叫做「九轉玄功」，能夠練到了全身各個部位。柔軟自如，而且能藉別人之力生力，反擊對方。

不過他明白到這點的時候已快要窒息了。

只聽到燕狂徒的聲音道：「是不是?少林加武當，是不是比少林或者武當好得多了?」

說完之後，地眼就覺頭部一鬆，終於又吸著了空氣，沒真的暈了過去。

三　懷抱天下

這時少室山上的和尚與道士，全都震訝於燕狂徒的蓋世神功。只有燕狂徒自己心裡，有一陣淒然，因爲他發覺自己的功力，真箇大不如前了。蕭秋水也有些感覺得出來，雖然燕狂徒博學精微，以少林、武當的武功三兩招便制住了地眼神僧，但是這比起昔日在擂臺下燕狂徒的三聲大喝，震死大永老人，真不可同日而言。

卓非凡道：「前輩神功絕世，還請前輩點撥在下幾招。」說著「刷」地拔劍，斜架於肩胸之前，動作十分瀟灑利落。

燕狂徒笑道：「你不服氣？」

身子忽平平升了起來。

燕狂徒陡昇起了六七尺高，笑道：「聞說『劍若遊龍』卓非凡，最高的是劍法，然後是輕功，第三種功夫還不知道，我就跟你比輕功、比劍法！」

「比輕功？」卓非凡瞟了他的雙腿一眼，誠懇地道：「以劍法決勝負便好了。」

燕狂徒笑道：「你是怕我雙腿不能動，比不過你？」

卓非凡不卑不亢地道：「若前輩雙腿自如，在下自然不是對手。」

燕狂徒大笑道：「好，好，你不想佔人家的便宜……但你可曾聽說過，少林派有一種輕功，叫做『一葦渡江』？」

地眼好不容易才透過一口氣，聞言又變色道：「『一葦渡江』只是敝派祖師當年東渡南來的一個傳說，哪裡是什麼招式!?」

燕狂徒搖首啫啫地道：「那你的見識，未免太窄了。如果天正在，他就會知道，『七十二絕技』外，輕功便要以『一葦渡江』見長。」他一面說著，一面就運功力；在關廟，他就是因真氣走岔了，所以無法使出「一葦渡江」來，險些吃了大虧。

待他功力運行了一轉，神功斗發，便道：「你不信麼？我試給你看！」

倏然縱身撲向卓非凡。

卓非凡大驚，驀然一掌拍出。

他出掌輕忽，但變幻莫測，暗蓄強勁，實得武當內家拳的精萃。

燕狂徒忽然半空一折，掠向一名僧人，在間不容髮從容閃過卓非凡一掌。

那僧人是少林的高手，摸杖便砸，但一杖砸下去，才警覺自己手中已沒有了禪杖。

禪杖不知何時已被奪去。

燕狂徒並沒有對付他，卻用禪杖一點地，又撲向卓非凡。

卓非凡正想拔劍，禪杖尾已敲向他右腕「內關」穴去。

卓非凡不及拔劍，唯有飛退。

燕狂徒大笑一聲，「登」地一響，禪杖折而為二，他左手執杖首，依然追擊卓非凡腕穴「外關」，右手持杖尾，往地上又是一點，直追而去！

卓非凡的輕功叫做「千里不留痕」，一旦使出來，快如急煙，呼嗖地直溜了過去，躍過廟牆，直入寺中，情急間左穿右插，卻未撞上一物。

他逃得快，燕狂徒卻追得更快。

他雙腿雖不能行，但每次藉杖尾之力一點，即能趕上，他右手禪杖，始終不離卓非凡手腕穴道三寸之遙，卓非凡也一直未能將劍拔出來。

兩人一進一退，無疑是等於較量起輕功來。

只是其他的少林、武當子弟，在後面無論怎樣追趕，都是望塵莫及。

兩人一追一逃，到了一處院子，這裡是一般下等做粗重工作，不入禪房的閒雜和尚居處；這些和尚一般來說，不是犯了戒規，就是頑冥不靈，或垂垂老矣，或癡呆愚騃，只能做些炊事雜務，所以這裡便是他們自生自滅的地方。

當燕狂徒和卓非凡一先一後掠進來時，大部份僧人，都停下了手邊的工作，見一俗一道如蝴蝶飛來飛去，直是錯愕難解。

只有四五個又老又癟的乾瘦老頭兒，逕自在澆水淋花，挑糞劈柴，對場中兩人的輕功，宛似未見。

無論卓非凡如何騰挪閃移，都無法逃脫燕狂徒的緊追不捨。

他的內功純厚，迄此也不免有些急促了，但燕狂徒一點也不氣喘——他只把拐杖輕輕一點，立即就能借力飛躍，而且控縱自如，絲毫不耗力氣。

他現在才知道少林「一葦渡江」的出神入化。

「少林派的內家借力打力，真正發揮時，以佛澈道，覺迷爲悟，比武當的內家罡氣還能持久，——你這可知道了吧？」燕狂徒一面追擊，一面說話：

「我因不耗力，才能說話，你武當內家氣息，可能做到這點？習武之人理應取他人之長以補己短，怎能坐井觀天！」

卓非凡汗涔涔下，眼角忽瞥見一青年已在院裡一個角落，看著自己，他認得這青年便是在寺門外，跟燕狂徒一起來的，心中不禁一凜，怎麼這青年的輕功比自己還高！他素來謙沖，但內心實頗爲自負，今才知「天外有天、人外有人」這句話，膽意一挫，燕狂徒的杖尖便打中了他上臂的「臂儒穴」。

燕狂徒一擊即中，一中便收，又坐了下來，將雙杖一丟，笑道：

「我點你穴道用的是什麼武功？」

卓非凡神色慘然道：「是武當派『三十九橋齊點頭』。」

原來武當計有八宮、二觀、三十六庵堂、七十二岩廟、三十九橋、十二亭、二十七峰等勝景，適才燕狂徒施的就是「三十九橋齊點頭」的點穴法一招將他封住。

燕狂徒一笑，隔空「嗖」地一指，將卓非凡臂上穴道解開，道：

「這是『參合指』。」

這時部份的少林、武當高手，才先後趕到，氣喘咻咻的看場中情形，卓非凡雖然瀟灑嶔奇，也不免勘不破這點，當下將頭一昂，向燕狂徒抱拳道：

「前輩武功，實遠勝在下，但少林武當二派的武功，各有其宗，萬萬不可混癧一起。」

燕狂徒怒道：「瞧你還算個聰明人，怎麼如此糊塗!?要怎樣你才能相信……拔你的劍罷！」

卓非凡端然道：「在下縱然拔劍，也斷非前輩之敵……這一場不必比了。少林武當的武功，只要苦練，便成大器，今日若少林和敝教掌門尚在，便不致令前輩失望了。」這言下之意是：我的武功不及你，但並非武當、少林的武功不如你，若天正、太禪在，就不致如此一敗塗地了。這番意思，燕狂徒自是聽得懂，而且聽得怒不可遏。這時大部份的僧道，已趕了過來。

燕狂徒咆哮道：「難道你們真的要等別人率先融會貫通你們兩派武功，把你們一一打殺，才能覺悟!?」

只見僧道們個個神色冷然或木然，或譏誚之色，或惶恐之顏；卓非凡淡淡地道：

「少林、武當二派武功深遠廣博，舉天之下，只怕除前輩之外，又有誰能盡學？……前輩是杞人憂天了。」

一人懶洋洋地道：「何止是杞人憂天，簡直是胡說八道。」

又一人粗聲粗氣地道：「何止胡說八道，是癡人說夢話。」

又一人蒼濁的聲音道：「何止癡人說夢話，簡直是滿口胡柴！」

又一人急急忙地道：「不是！不是！是亂吹法螺！是亂吹法螺！」

又一人淡淡閒閒地道：「我說都不對，是吹牛皮，吹大氣！」

說話的是五個和尙，看來耳又聾、人又老，眼睛都老得快睜不開了，駝背哈腰，顯得癡愚無比，燕狂徒卻整個人沈靜了下來，像冷硬的岩石一般地，他問：

「誰是抱殘？」

此語一出，眾皆大震。抱殘是寺中高僧，輩份猶在死去的天正之上，但已足有數十年未現法蹤，難道竟是在這做些下濫粗作的雜僧？

只見一個老人，雙手正合抱著一綑柴，道：

「抱殘？我是抱滿懷冰雪啊！」

燕狂徒雙目似毒劍一般地盯著他，道：

「你是抱雪？」

那僧人哈哈大笑，便是不答之答。另一個僧人卻道：「抱殘？何必一定要抱殘？老衲抱月，可不可以？」

燕狂徒的態度居然十分莊重，道：「可以。」

另一個僧人道：「他叫抱月既然可以，我叫抱花當無問題了？」

燕狂徒也答道：「沒有問題。」

又一個僧人道：「他無問題，那我叫抱風，不會惹著你罷？」

燕狂徒便道：「不會！」

剩下一個又老又懶又疲又矮的白鬍子老僧歎道：「既有『風花雪月』，那老僧只好是抱殘了。」

燕狂徒道：「風花雪月，到頭來還是要凋殘的。」

抱殘瞇著眼睛道：「紅塵俗世，又有哪樣不凋不殘的？要殘的……總是要殘的。」

燕狂徒和「風花雪月殘」五僧的對話，卻嚇壞了一眾僧侶道士。

原來抱殘一代，是天正大師的師叔伯輩，在少林位份甚高，跟燕狂徒是屬同一時代的風雲人物。這現下的「懷抱五僧」，是當年之時，叱吒風雲，少林派中五大高僧，如今隔了數十年，居然未死，卻還在寺中澆花淋水，一念及此，不少曾對這五個看來又老又聾又啞又沒用的頤指氣使、吆喝斥罵的管事僧人，都嚇得雙腿不住打哆。

燕狂徒知這五老非同小可，而今自己雙腿不便，又武功減半，實不可輕敵，但他生平素來好勝，敵強愈強，當下依然故我，道：

「沒想到你們五人居然還沒死。少林寺的實力，可不能輕視啊。」

抱殘懶洋洋一笑道：「豈止少林而已?武當九疑、九死、九生三人，也不是一樣沒死！」

卓非凡一聽，幾乎喜得跳了起來，顫聲問：「神僧說的，可是真的!?」原來卓非凡的武功，直接由大師兄守闕指點。他入門較晚，悟心奇高，才有今天名譽地位。他曾聞除了太禪之外，武當先輩中還有當年五大長老，其中鐵騎、銀瓶已死，卻未料九生、九死和九疑「三九真人」尚在人間！

他本來正深恐自慮，武林危局日艱，自己無法獨承大任，而今知派內尚有這等高人活著，不禁放下心頭大石，狂喜不已。

燕狂徒冷冷笑道：「看來兩派活下來的高手，倒還不少，我算是白來了。」

抱殘道：「施主請便，老衲不送。」

燕狂徒用鼻子重重地哼了一聲，返身用手一拍地上，便要撐躍離去，忽聽蕭秋水急道：

「前輩！」

燕狂徒不耐煩地道：「什麼事？咱們狗拿耗子，還多說些什麼！」

蕭秋水道：「前輩不能走！……難道眼睜睜讓那朱大天王得逞麼？」

燕狂徒也奇道：「得逞什麼？」

蕭秋水道：「前輩所料不差，朱大天王已兼而學得了少林、武當兩派之長，如果兩派再不奮發深研，恐怕日後就會為朱大天王所趁。」

抱殘淡淡瞥了蕭秋水一眼，問：「小子是誰？」

燕狂徒冷笑道：「什麼小子，他就是蕭秋水。」

懷抱五老齊齊「哦」了一聲，合什唱偈：「阿彌陀佛。」眾僧都吃了一驚，這個蕭秋水雖崛起不到五年，但名頭甚響。卓非凡心裡也忖道：難怪這青年輕功那麼好，原來是蕭秋水！

抱殘懶洋洋地道：「聞說蕭少俠武功為人，都稱上品，但這信口開河的話兒，還是少說為妙。」

蕭秋水急道：「大師，晚輩所說，句句是實……」

抱殘當即打斷道：「朱大天王手下，的確不乏少林、武當的破教出門的叛徒，朱大天王從中學得一些，那也沒什麼了不得的。」

抱月笑道：「就算是燕先生的幾下子，也是仗著內力高強，若單只用少林、武當的武功，只怕要制住我們幾個老骨頭，還難得很哩，更別說朱順水那幾下三腳貓功夫了。」

蕭秋水直是搖頭，正要辯駁，燕狂徒卻霍然回身，冷笑道：「衡山一戰，五位忘了麼？」

抱雪淡淡地道：「沒有忘。三十年前，衡山一戰，老衲師兄弟五人，確是敗在先生手下。但四師弟說得沒錯，若論少林武當武藝，燕先生卻還未必是老僧五人之敵。」

燕狂徒一生好戰好勝，當下冷笑道：「口說無憑，何不試試？」

那五人見燕狂徒要動手，臉上都露出一種很奇怪的神情。這神情既似驚喜，又似期待，亦似十分茫然。

抱殘道：「終於要動手了。」

抱花道：「好久沒動過手了。」

抱風道：「今番不動手，他日只怕已沒對手了。」

抱月道：「燕先生值得我們動手。」

抱雪道：「我們正好試試『懷抱天下』。」

燕狂徒不理會他們說些什麼，雙手一展，兩股白茫茫的勁氣，隔空狂飆般湧了過去！

在一旁的天象，大喫一驚，因爲他認得，這白茫茫的掌勁，就是他在少林年輕一輩中，唯一練得的而且最驕人的「大般若禪功」！

——燕狂徒如何練得？

「大般若禪功」是佛門正宗，罡勁未到，勁風疾起，五老若急風中的飛絮一般，擺動不已；倏地五人一齊出掌，五道不同的勁氣，硬生生將白茫茫的罡氣抵住。

但是燕狂徒盤膝的身子，卻平平向五人掠了過去。

五人臉色凝重，一齊坐下，平平出掌，緩緩推出。

燕狂徒也平平降落下來，雙掌依然平推而出。

燕狂徒雙掌的白茫茫罡氣，與五老淡黃色的掌力，宛若一道牆一般，各不相讓，而五老與燕狂徒，就隔著這一道牆使勁。

燕狂徒以一敵五，但白茫茫的掌力，絲毫不顯低弱，反呈高張。

掌勁的牆。

六人僵在那裡，中間一團厚厚的氣牆。

燕狂徒鬚髮俱張，五人如同朽木。

然而他們彼此都望不見對面。

一張葉落下，無數張枯葉落下。

深秋的楓葉，原已深紅，忽全失去生機，片片落下。

落葉飄近氣牆時，忽然粉碎於無形。

這是什麼殺氣，竟連飄若無物的樹葉，也粉身碎骨？

就在這時，抱殘稍稍震動了一下。

接著抱月也顫動了一下，然後是抱風、抱雪、抱花……都稍動了一下。

白牆的壓力，忽然減輕。

五老的「大金剛掌力」，立時推進。

但這一推進，如墜深淵。

無底的深淵。

五老腦子裡同時想起武當派有一種登峰造極的內功，叫做「弱水柔易九轉功」。

這種功力源自「道德經」中的一段話：

「天下莫柔弱於水，而攻堅強者莫之能勝，其無以易之。弱之勝強，柔之勝剛，天下無不知，莫能行。」

五老所發出的至剛掌勁，一齊被吸住，宛若掉入泥淖之中，不能自拔。

然後燕狂徒忽十指急彈，如狂潮一般的指風，自四面八方包圍，將他們吞噬。

自古以來只有以眾圍寡，燕狂徒卻以一人功力，反柔為剛，以弱勝強，包圍五大少林高手。

卻在這決定勝負的剎那，五老的掌力倏然變了。

他們驟然撤去了掌力。

在這狂潮如萬濤排壑之際，居然撤去掌力，是極端荒謬的事，雖則撤去掌力，確能使掌力不致連人帶身而「泥足深陷」。

只是五老撤去掌力的同時，大張雙手，展開懷抱。

燕狂徒以少林「阿難陀指」壓擊，忽遇到一種至大至剛的動力，「阿難陀指」就消失於無形。

地眼忽然嘶聲叫道：

「懷抱天下！懷抱天下又重現少林了！」

「懷抱天下」是什麼，只怕知道的人已不多。

地眼之所以知道，是因為南宗少林主持和尚大師曾對他說過：

「少林正宗禪功之中，以『懷抱天下』，天下莫禦，但當今之世，只怕難有此絕世才華的人練成。」

當時地眼不服，便問道：「連方丈師兄也不成？」

和尚大師搖首道：「不成。」

地眼大師又問道：「那麼北宗方丈呢？」

和尚大師當時這樣說：「天正師兄，才華卓絕，當今少林之中，唯他一人可以練成，怕也要在三十年後了。」

地眼聞言一震道：「三十年後？那時縱然練成，恐怕也……」

和尚大師知他要說什麼，當下接道：「年老力衰，精力不足也是在所難免的事……除非是有同等才華功力的人，共四人以上，可望在二十年內練成……但普天之下，又哪有如許能人……」

地眼大師未真箇見識過「懷抱天下」的神功，他在少林，已算是識多見廣，其他的人，還是初聞「懷抱天下」的名字！

這「懷抱天下」一出，燕狂徒就變了臉色。

他雙掌往地上一拍，躍開。

這時五老的雙目，一齊睜了開來，精光暴射。

瞧他們的臉色，也不知是欣喜，還是失望。

——他們的「懷抱天下」禪功，確實破了燕狂徒少林、武當合併的武功。

他們理當高興才是。

只是燕狂徒的武功，也到了匪夷所思的地步。

「懷抱天下」的破解已成，反擊未至，燕狂徒卻說走就走，脫離了發功的中心。

——說走就走，這是何等絕世的功力，「懷抱天下」，又焉困之得住？

燕狂徒雖未被「懷抱天下」擊倒，但確實給這無限禪功擊退。

他撤出神功的包圍，是用了他的「玄天烏金掌」，擊在地上，發出反震，以地面的大地之力虛接了「懷抱天下」的實擊，以借力退身來引開了「懷抱天下」的虛擊，始能逃過一劫。

他此際若再出手，一番苦戰，未嘗不能敗「懷抱五老僧」。

但他知道他已敗了。

自己要以本身功力，使出少林、武當武功來勝過五老，勝不過，而使其他武功，便算敗了。

燕狂徒一生難得一敗，但敗了絕不賴。

何況他已證實了一切事，五老已將少林武功，練得出神入化，真有高手以少林、武當二派功力來襲，少林也有實力，足可抵擋得住了。

——連他也取之不下，況且別人！

少林既然可以，武當自也有充分的潛力應付。

證實了這點，燕狂徒已不覺有再戰下去的必要。

五老猶自怵心於燕狂徒宛若神人的蓋世奇功，他們卻不知道燕狂徒的功力，因身體一再受重創，已大打折扣，不復當年了。

——否則焉知少林武當的長處，真的不是少林武功精練的對手？

這就很難說了。

四　劍若遊龍

良久。

抱殘終於歎道：「人稱燕先生是武林第一奇人，此言的確不虛。」

燕狂徒卻沈著聲道：「我沒什麼，少林的功夫，確實很了不起，好像還有幾種祕技，迄今還未有人學會，正該有人好好精練。」

這句話無疑等於承認了：只要精研少林武功，即可無懼天下。得燕狂徒的讚譽，連忘塵物外的老僧，也不禁微動喜容。

抱月道：「少林武功，確實該好好練習，每一種武功，都可以無止境。」

在一旁的少林天象，心中暗忖：這番得以大開眼界，但自己所練的「大般若禪功」，不是據說有十八層境界可以修習嗎？而自己只達第三層界限而已，何不繼續苦習上去？據說「大般若禪功」練到巔峰時，可以練成「龍象般若禪功」，每一掌擊出，皆含一象一龍之功哩……

這一番思索，以及數十年汗血苦練，使得他日後終於成爲一代少林武學宗師。

就在他如此尋思著時，武當派的大風道人也在沈思：武學境界如此艱博，若不另尋蹊徑，如何能成爲第一流的高手呢？確是要在這荊棘漫漫長途中，覓些捷徑才行。……這一種想法，使得這出身名門正派的人物，心思逐漸傾向邪惡……

就在這時，一人大聲道：

「五位大師，神功卓絕，但朱大天王，卻另有破法！」

說話的人當然是蕭秋水。

這次不但「懷抱五老」大爲光火，連燕狂徒也生氣了。

「老夫以少林、武當的武功，尙非五老之敵，小小一個朱順水，能有什麼作爲！」

蕭秋水即答；他遇到需要堅持的原則時，絕不作任何退讓，這與他平時謙遜有禮待人，判若兩人：

「朱大天王的武功，當然難及前輩項背，只是前輩您是以己身功力，發揮一般少林、武當之武技，而朱大天王卻精研少林、武當二派武功已久，他的功力遠不如前輩是一回事，但他深諳少林或武當的武技，再將不足之武功加以發揮，要破少林、武當，卻未必是辦不到的事。」

地眼大喝了一聲，「黃口小兒，目無尊長！」

燕狂徒生平最護短，本來聽蕭秋水的話，已覺有理：朱順水的武功，雖遠不及自己，但若此人精研兩派武功，再用來打擊兩派，實比自己以精深內功來使兩派粗淺武技來得強大，未嘗不可能殲毀武當、少林二派，不可不防！

他念及此，便向地眼喝道：

「黃口小兒，目無尊長！」

他的年紀比地眼大，而且武林中的輩份更比地眼高，地眼大師向蕭秋水吆喝，他則向地眼吆喝，實在十分諷刺，而且這一聲喝，同樣八個字，兩人功力，可大大不同，只震得地眼大師如同雷殛，雙眼發直，若是燕狂徒當年以三聲斷喝震斃大永老人的功力，這一聲巨喝，至少可以震暈地眼。

五老互相望望。卓非凡畢竟是現場中武當表率，他覺得自己實非說話不可了，便道：

「蕭少俠認爲以武當可破少林，以少林亦可破武當乎？」

蕭秋水點頭道：「卓大俠，一個人若兼得兩派所長，以博擊約，知敵長短，確能較易取勝的。」

卓非凡淡淡道：「蕭少俠是說：朱大天王朱順水，他能做到這點？」

蕭秋水即道：「是。」

卓非凡冷笑道：「那蕭少俠又從何證實此事？」

一時衆皆以爲然。蕭秋水在江湖上跟朱大天王敵對的事，人人有所風聞，——然而蕭秋水又從何得知朱大天王熟習武當、少林二派武功？

蕭秋水平靜地道：「因爲我學了朱順水的武功。」

此語一出，衆皆嘩然。朱順水是黑道上第一險惡之人，然而著有俠名的蕭秋水竟隨之學藝!?這連燕狂徒都微感詫異。

卓非凡問：「那你是朱順水的徒弟？」

蕭秋水答：「不是，但我確學過他的武功。」他所學的朱順水武功，便是從「少武真經」上所得，是當日朱大天王要以此書來套誆少林天正，並誘其練功入岔、走火入魔的祕笈，卻給蕭秋水因諳朱大天王的運功祕法，而免於真氣誤道，反學得兩家之長。

只是這一衆人，又怎知其中曲折，紛紛交頭接耳，議論不已，連燕狂徒也斜睨蕭秋水，看他究竟要幹什麼。

這時卓非凡又道：「難怪蕭少俠一直堅持少林可取武當、武當可殲少林之論了，少俠力言朱順水有二派之能，而少俠又得朱大天王真傳，那少俠武功，自也博學精廣，無怪乎瞧不起少林、武當了。」

這時群情沸動，有些人大呼道：

「奸細！蕭秋水原來是奸細！」

有些人大嚷道：

「小子不知厲害，叫他瞧瞧少林武功！」

「卓師叔，給他見識武當派高招，好教他心服口服！」

嚷著要蕭秋水領教少林功夫的，自是少林僧人，要蕭秋水敗在卓非凡劍下的，當然是武當道士。

蕭秋水神色不變，誠懇地道：「卓大俠、眾位大師，在下實無此意……」

抱月忽道：「不管有意無意，既說少林、武當二派可以為對方所勝，就要拿些真本領讓人瞧瞧，否則空口講白話，真當少林、武當無人麼？」

燕狂徒看蕭秋水居然比自己更加堅持，頗覺有趣，倒是要看看蕭秋水怎樣應付，當下隔空以「阿難陀指」，解開了蕭秋水身上被封的穴道，道：

「小子，話既已說出去了，是亮武功不讓人瞧扁的時候了。」

蕭秋水極不欲動武：戰釁一啓，怨怨相報，卻又何苦？這時卓非凡已飄然而至，笑道：

「聞說蕭少俠出身於浣花，劍術想必了得，恰巧我也喜歡劍術，適才未敢就教於燕前輩，卻要向蕭少俠獻醜了。」

蕭秋水正要推拒，但轉念一想，這樣也好，若能戰勝這武當派一流高手，自己的話，或者就有人肯聽了。

當下心中計議已定，居於下首，向卓非凡長揖道：「那在下就要斗膽懇請大俠賜教了。」

卓非凡一劃劍花，長髯自飄，道：「別客氣。」挺劍刺了過去。

卓非凡出劍的時候，蕭秋水便退身，在半途卓非凡的劍猝然加快，蕭秋水也退得更快。然後卓非凡的劍在疾急的挺刺中驟然而停，蕭秋水飛退的身形，也霍然而止，卓非凡道：

「你要讓三招，還是客氣？」

蕭秋水道：「都不是。」

卓非凡問：「那爲什麼只退不攻？」

蕭秋水立即搖首道：「不是不攻，而是大俠這一劍刺來，看似平凡，實無瑕可襲，我想不出對策，只有身退以避其鋒一途。」

卓非凡皺眉道：「我這一劍中不是有三處險鋒嗎？你何不冒險一搏？還有七個破綻，難道你沒有看出來麼？」

蕭秋水笑道：「那不是破綻，而是虛招，引動敵手搶攻的招數，若我剛才真的不知死活，莽然出手，早已不能站在這裡聽卓大俠教誨了。」

卓非凡歎道：「蕭少俠好眼力、好定力！」

蕭秋水道：「卓大俠的劍法，才是真好！」

卓非凡道：「你以不攻破我之攻，我長期追擊下去，攻勢自敗，那時你再反擊，我就無法抵擋了。」

蕭秋水道：「所以卓大俠也立時收了招。」

卓非凡道：「若論比武，我手持劍，傷不了你，便算輸了；」他說著，頭一仰，眸中神光湛然，道：

「只是今天比的是少林、武當的武功，你尚未出招，算不得贏我！」

蕭秋水恭然道：「這個當然，卓大俠請出招。」

卓非凡把劍而立，似人與劍，已聯成一體，而聲音猶似天外傳來：

「剛才是我武當『淡然一劍』，而今是『龍遊劍法』，你小心了。」

「龍遊劍法」是一種馭劍之術。

人說「馭劍之術」乃劍術巔峰，能人劍合一，殺人於千里。

卓非凡外號「劍若遊龍」，便是靠這一套「遊龍劍氣」，名震江湖。

而當卓非凡使出「遊龍劍法」時，也真箇龍遊於天、迅若遊龍，煞是好看。

卓非凡的樣子，本就神采飛逸，而今又是神龍遨遊於天，更如天龍展姿一般，但好看不止是他的人，而且是他的劍法。

昔日「千手劍猿」藺俊龍曾與卓非凡一戰，大敗於其人之劍下，嘗言：「學劍者若死於武當卓非凡劍下，可謂不枉此生矣。」

蕭秋水緩緩出指。

他出指雖緩，但指勁一出指端，即如劍氣，急如厲電，割體而去！

他的指法又在凌厲中含極大的寂意，竟是少林「阿難陀指」。

「阿難陀指」，是佛門中一種極高深的指法，連少林南宗高手地眼和天目，拚盡數十年功夫苦練，也不過得其皮毛，焉能如此運用自如？昔日天目與地眼二僧，若能靈活應用，早已除柳五矣。所以後來地眼親睹燕狂徒能隨意施用「阿難陀指」，已爲之驚絕，而今居然連年紀不過卅的蕭秋水也運用自如，真是呆如木雞，作聲不得。

殊不知蕭秋水的內息，其實比燕狂徒還要渾厚，他既得「無極先丹」之助，增強了數甲子的功力，又得八大高手傾力灌注，悉心相授，體魄之強，猶有過之，自朱大天王所留的「少武真經」內學得「阿難陀指」等技，又參照燕狂徒的運使法門在先，使起來自然更得心應手。

蕭秋水凌空發指，使得卓非凡凌空的劍氣無法下擊。蕭秋水每發一指，卓非凡便逼得迴劍一架，「錚」，劍身俱泛起了一道綠色的光芒，只震得卓非凡手腕長劍，脫手欲飛。

蕭秋水手中雖無劍，但有「阿難陀指」的至剛至寂的指劍，將距離隔開，凌空出指，大佔上風。「懷抱五老」互覷一眼，臉呈難以置信的神情。

——燕狂徒是蓋世狂豪，能使「阿難陀指」，尙不足爲奇，但連蕭秋水也識施「阿難陀指」，就無怪乎他們震訝不已了。

這時五老的眉毛同時一揚。

局勢突變。

卓非凡已無法招架得住那至剛至絕的指勁，便連人帶劍，人劍合一，化成一道劍氣，直射蕭秋水！

全力一擊，不留後著，自然勢不可擋。

但剛極易折。

蕭秋水雙掌推出一道狂飆，既純且柔，正是武當派「先天無上罡氣」。

這一股柔而無匹的罡氣，便將卓非凡無可奪銳的劍氣，借力乘力，導向偏鋒。

卓非凡擊空！

高手過招，是絕對不允許有擊空二字的。

卓非凡畢竟非同凡響，別人這馭劍之術，一擊不中，少說也元氣大傷，吐血踣地，但他卻立時舞起劍花，護著自己，再返身回首。

蕭秋水沒有攻擊。

只見他手裡挽著一件衣袍，卓非凡一震，原來自己身上長袍，已落在蕭秋水手裡。

自己的劍法正舞得滴水不透，蕭秋水卻是怎麼奪得了他的貼身長袍呢？

蕭秋水說：「卓大俠是武當高手，當然知道『滴水不透，拿了就走』。」

卓非凡聽過。

那正是武當派的武功。

但這種武功近乎小手所爲——武當派真正一流高手，是不屑去學的。

只是卻給蕭秋水學會了。不但學會，而且還用這「滴水不透、拿了就走」的小巧功夫，在他施展正宗高超「滴水不透」劍法時，奪下了他的衣袍，拿了就走，他兀自未覺。

卓非凡垂劍，淡然道：「我敗了。」

燕狂徒卻突然鼓起掌來。

卓非凡敗北，燕狂徒居然鼓掌，這是情何以堪的事！

不但五僧怫然色變，連蕭秋水也大感不滿。

他雖擊敗卓非凡，但對卓非凡仍心存景仰。

卻聞燕狂徒洒然道：

「我是爲卓非凡鼓掌。」

「一個人勝敗都不重要，難得的是以他的身份，敗了居然就敗了，半句怨言都沒有，坦然直承，是了不起！」

「武當派有這種人，果然是武當派！」

眾人這才明白他拍手的用意。

抱雪道：「我們都看走了眼。」

抱月道：「以蕭少俠的武功，確實可以睥睨武林的。」

抱殘道：「不過這仍不足以證實：少林、武當的武功，非交流不可。」

抱風道：「除非你能接下我們三招。」

抱花道：「請進招吧。」

蕭秋水一直在搖頭。

他急道：「五位大師，晚輩實不敢證實什麼，而這武功，的確是……」

他說到這裡，五僧已遊走散開，低眉合什，與在這之前合襲燕狂徒的情形完全一樣。

只聽燕狂徒打斷道：「秋水，又何必多言，如你真的有心，就要讓他們知道，你說的確實是真話。」

蕭秋水向燕狂徒苦著臉道：「難道真話都一定要經過血與汗的代價？」

燕狂徒笑了：「那也許是因爲獲得真相必須要付出代價吧！」燕狂徒又有趣地反問道：

「難道你不知道天下有許多真理都是用拳頭打出來的嗎？」

蕭秋水點了點頭，又搖了搖頭，終於還是歎了一聲，站了出去，向五老拱手一揖道：

「請五位前輩手下留情。」

五老微微一笑道：

「少俠武藝過人，不必客氣。」

抱殘大師身形一展，當胸就是一記「黑虎偷心」。

抱風大師身形一閃，一足踢出，便是「魁星踢斗」。

抱花大師身形一飄，一掌削出，便是「六丁開山」。

抱雪大師身形一晃，一掌沖出，便是「單龍出海」。

抱月大師身形一長，一掌劈下，便是「獨劈華山」。

這五人一齊展出這五招極平凡的招數，卻使一直鮮有動容的燕狂徒，發出了連他親自力戰五僧使出「懷抱天下」的招式之際也無如此激動的大喝：

「好！」

天下武學，雜源紊派，多如恒河沙流，數也數不清，各家各派的絕招奇功，也各有所長，互有優劣。

但一般門派的入門功夫，來來去去，不外乎那幾招幾式。少林是天下第一源遠流長的門派，但入門的武功，便是多爲一般武林人所採用的幾下招式和練功法門。諸如「黑虎偷心」、「獨劈華山」、「魁星踢斗」等，就算跟少林派的人素無瓜葛，即或是市井之徒，對這幾下粗淺武功，也鮮有不識使的。

似少林派高僧地眼等人，對這入門的粗淺武功，早在三、四十年前，已棄置不用了——這一類武功，用來對付不懂武技之徒，那還差不多，一流高手用起來，則如錦衣披身、繡鞋穿洞一般可笑。

但是如今這少林派現存武功最高的五名神僧，在言明的出手三招中，第一招就用了這般粗淺武功。

旁人不知，還以爲五僧故意容讓，但如燕狂徒這等一流一的尖鋒高手，不禁爲蕭秋水捏了一把汗！

同樣的「黑虎偷心」，有誰使得比抱殘更正確、更有力、更威勢無匹!?

簡簡單單的一招「單龍出海」，有誰使得比抱雪更萬變千幻、內含精微至極扣殺!?

普普通通的一招「獨劈華山」，有誰使得比抱月更殺無赦、更無可禦!?

何況這五人五招使來，看似平平凡凡、普普通通、簡簡單單，但有誰知道，這五招配在一起，竟是可怕的陣勢，一擊必得，根本就沛莫能禦！

蕭秋水，怎抵擋得住!?

五　五指聯心

燕狂徒不知蕭秋水如何招架。

若換著他自己，只有憑著「玄天烏金掌」硬闖。

他有信心至少可擊退其中三人，但自己也難保不受點傷。

——連他自己也難免受傷，蕭秋水又怎會接得住！

這就是他看錯蕭秋水的地方。

若換作李沉舟，就一定不會如此想。

李沉舟從不會低估一個人的能力，他甚至把柳隨風估計得太高太險，結果反而造成了他的錯失。

——他的錯失是換來柳五之死。

燕狂徒萬未料到蕭秋水能破解五老合擊。

五老也沒想到。

招。

他們一出手，就後悔自己爲何下手太重。

他們內心裡，還是相當喜歡這年輕人的，當然不想一出手就毀了他。

但這一戰，又關係到少林派榮辱，故此下手不得不重。

可是他們此刻，卻又懷疑自己出手是不是太輕？

蕭秋水破了他們的招式。

蕭秋水總共只用了五招：

「仙人指路」、「如封似閉」、「玉女穿稜」、「龜蛇吐珠」、「純陽開路」。

這五招俱是武當派入門最等閒的招式。

但蕭秋水卻用這極平凡的五招，破了少林五老的「看似無奇，實乃最奇」的五招。

這一招大多都看不懂，以爲兩方相讓，不知奧妙在哪裡。

但接下來的一招，就算看的人不懂，也知道是非同小可。

因爲五老所發出的，正是五僧適才用來對付武林第一人燕狂徒的「懷抱天下」。

五人手臂張開，向蕭秋水合攏過來。

蕭秋水怎麼閃躲？

他本來可以用「忘情天書」裡的十四法門，諸如：「地勢」、「風流」等訣，都能有把握躲過。

——只是規定的是，要用武當或少林的武藝！

——否則的話，就算能夠不敗，五老等也不會聽信自己的話。他的武功實學雖猶遜燕狂徒一籌，但燕狂徒對少林、武當的招式，是僅僅稍有涉獵而已，不似蕭秋水對武當和少林的武功，因「少武真經」詳載精研之啓發，所以在千鈞一髮中，仍能想出對策。

——或許是朱大天王在「少武真經」中，本就擬好了有一日要滅少林、武當的武功絕招。

——想到這點，蕭秋水就愈發不肯退讓，若他敗了，不能使五老信服，朱大天王憑當年就已創「少武真經」的功力，要滅武當殲少林，在二派全無防備，輕敵之下，實非難事。

蕭秋水愈是瞭解「少武真經」的威力，對此事愈是鍥而不捨。

「懷抱天下」，確有一種懷抱天下的大威力，這力量不單是無形的，甚至可以說是無意的，而且也是接近無敵的。

這是少林中潛力最無可限量的武功。

但是蕭秋水所使出與之對抗的，卻正是少林有形有意、最凌厲的大法內功：

「龍象般若神功」！

這被譽爲每一掌使出來，都如同一龍一象功力的神功，與猶如羚羊掛角，無跡可尋的「懷抱天下」奇功相互一抵，「轟嚨」一聲，五僧身形，各自一幌，蕭秋水退了五步，居然無事。

少林的「懷抱天下」，被少林自己的「龍象般若神功」抵住了。

第二招了。

再一招少林五老再擊不倒蕭秋水，便要算輸了。

五老僧互望一眼，那份閒淡的表情，至此際已完全隱去。

五人低聲呼吼，類似獸物在喉嚨裡咆哮一般，忽然身形交錯起來。

蕭秋水凝神以對，他對少林武功的認識，只從「少武真經」中所得，畢竟仍相當膚淺，瞧五僧交換的身形，無法辨別他們用的是哪一種武功、哪一種心法！

就在這時，五老陡然站定。

五老的雙手，忽然張開，然後慢慢屈起第一節手指，逐而又屈起了第二節手指，再一起屈起了第三節的手指，這時手掌已變成了：

拳頭！

只聽五老一齊叱喝道：

「五指連心，五瓣成蓮！」

然後五老就發動了這「五指聯心」！

「五指聯心」的壓力和威力，尤甚於前二次的攻擊！

蕭秋水縱傾盡所學的武當、少林絕技，也避不開這一招！

他只好發動了「忘情天書」十五訣中，最大無畏也最完美的法門：

第一訣：「天意」。

天意一出，人如天意，天意不可奪。

「五指聯心」，沒有將之奪下，五老大震道：

「這是什麼武功!?」

縱連燕狂徒也聲音發顫，急急地問：

「天下竟有這等武功!?」

然後五老和燕狂徒，一齊頓悟，齊聲叫道：

「『忘情天書!?』」

只有「忘情天書」的武功才有這種威力。

只有「忘情天書」上的武功才能消解得了「五指聯心」。

蕭秋水沒有立時回答。

他使「天意」一訣時，他的人已彷彿與天，融合在一起，他在刹那間便是蒼蒼天穹，永無底止，也沒有感情。

但他隨即恢復過來了，垂首道：

「我敗了。」

——蕭秋水以「天意」接下了少林五僧的「五指聯心」，當然沒有敗；但規定上是蕭秋水以三招「少林、武當」的武功相接五老的攻擊，蕭秋水既被逼得用「忘情天書」上的武功，便只能算敗了。

「你沒有敗。」抱殘道。

「敗的是我們。」抱風道。

「我們使的是『五指聯心』。」抱花道。

「『五指聯心』不只是少林的武功。」抱雪道。

「也不是武當的武功。」抱月道。

「『五指聯心』是少林武當合創的武功，我們見戰你不下，便逼得用上了。」抱殘總結道：

「所以你沒有敗。是我們敗了。」

蕭秋水的眼睛立時亮了。

原來少林五高僧早已悉心苦研少林、武當二大派武功合併運用的法門，所以才在危急之際，迫不得已地使出了「五指聯心」來。

少林既然早已有防備，這一戰只是武林中所謂顧全顏面之戰，就算朱大天王親至，他們也早有提防，這有什麼可慮的！

所以自己和燕狂徒所耽心的，簡直就成了多慮了。

蕭秋水當下一拱手揖道：

「五位前輩，明見萬里，在下斗膽冒犯，尚請五位前輩，和各位高僧恕罪。」

抱殘臉容又回復到那一種懶懶散散的神情，道：「何罪之有？少俠仁心俠骨，心繫天下，正是英雄出少年！何罪之有？阿彌陀佛！」

這幾段對話間，有一人心裡，卻大不是味道。

那人便是「劍若遊龍」卓非凡。

卓非凡不但顏容自若，胸襟也有過人之處，但是從對話中知道「懷抱五僧」，早已偷研少林、武當絕學，不知多年，故心裡大不是味道。只盼能早日回返武當，趕緊把武當尚存的長輩找出來，稟告此事，再行定奪。

——大不了也跟少林來個「互相學習」，看誰學得快、學得多、學得好、學得高過對方！

蕭秋水、燕狂徒這時告辭了少林寺，走了出來，在嵩山下，忽遇到了一場雪。

蕭秋水喃喃自語道：「這是第一場雪罷？」

燕狂徒也自言自語道：「不知最後一場雪何時下？」

嵩山山勢雄奇，這時雪落紛紛，山巒間奇寂一片，兩人只覺得一股恢宏的大志，又悲涼得沒有著落。

蕭秋水忽道：「前輩，還是把我的穴道封了吧。」

燕狂徒這時仍背在蕭秋水背肩上，問道：「爲什麼？」

蕭秋水道：「前輩要去的地方，要做的事，都不宜我來插手，但我又偏偏彆不住。少林一役，就沒遵守前輩的話，還是動了手。……這樣不好，還是請前輩將我手臂的穴道封了吧。」

燕狂徒道：「嵩山上你的出手，是經我同意的，不算背約。」

蕭秋水道：「可是那也不好。前輩不讓我出手，必自有深意……我怕我出手反而弄塌了前輩的事兒……」

燕狂徒笑呵呵地道：「那也沒什麼大不了的事，只是我的心願而已……其實你若不給我點穴，而今我又雙腿廢了大半，未必能再封得住你穴道……難得你還有這份誠懇！」

蕭秋水道：「大丈夫一諾千金，本就是應該的事。」

燕狂徒大笑道：「天下不誠、不信、不忠、不義，而又捏生道理的人何其多！……你能做到這樣，已是了不得的了，難怪有人服你。」

蕭秋水淡淡地道：「其實晚輩也沒什麼値得人服的……心底裡自私的一面，還多著呢，常把持不住，而又好殺喜鬥……」

燕狂徒截道：「那有什麼！男子漢大丈夫，好色、打殺，也是英雄本色！」

蕭秋水笑了一笑，若有所思，不再答腔。燕狂徒卻問：「你剛才使的眞是『忘情天書』的招式？」

蕭秋水道：「是。」

燕狂徒大笑道：「別人以爲『忘情天書』爲我燕某人所撰的，眞是胡說八道！其實『忘情天書』上的武功，連我都尙且覬覦呢——還是你這小子造化好。」

蕭秋水道：「不過『忘情天書』不是書，而是人。」

燕狂徒楞了楞，道：「這倒奇怪了。是個什麼人？」

蕭秋水答：「不是一個人，而是三位，他們三人，一人代號『天』，一人代號『情』，一人代號『忘』。」

燕狂徒笑道：「眞是『天外有天，人外有人』，我卻還不知！」

這時雪似鵝毛一般飛飄著，這時遠處忽傳來叱喝聲，以及兵刃交碰聲，燕狂徒道：「過去看看。」蕭秋水點了點頭，背著燕狂徒，施展輕功，直向呼喝正酣的地方疾奔而去。

只見幽寂山谷裡，正有一群人，打得好不燦爛。

蕭秋水人來到，便聽到一人破口大罵的聲音：「媽那個巴子！媽那個巴子！你這個漢不漢、金不金的狗腿子，看我不把你打得娘娘當爺爺叫!?好叫你識得，下井落石的事少做點！」

一粗聲粗氣的女音沒耐煩地更正道：

「是落井下石！」

那原先的男音叱道：「還不是一樣！反正有井有石，何必斤斤計較，真是吃化不古！」

這時又響起了另一個歪裡歪氣的聲音更正道：「是食古不化！上次糾正過的！」

「化！化！化！」那原先的人光火了：「化你個死人頭！」

蕭秋水一聽，便忍俊不住，根本不必多瞧一眼，便知道那亂用成語的便是好兄弟「屁王」鐵星月；至於那破嗓子的女音，必是「閻王伸手」陳見鬼；男的怪聲怪氣者，便是「一對寶兒」邱南顧了。

蕭秋水一見他們，心頭便一陣溫暖。

鐵星月邊罵邊打，手底下可沒絲毫怠慢，他的爲人是罵得愈凶，打得愈是痛快，不痛快的唯有陳見鬼和邱南顧，常常專拆他的後臺。

這時又一人忽然打了個呵欠，這人雖打呵欠，但伸手懶腰間，依然擊退了兩個敵人。這人愈戰愈累，久戰必睡，而且無處不睡，如果他要睡起來，就算有人用刀架在他脖子上也照睡不誤。蕭秋水笑了。他記得當日丹霞山之役，他幾乎被朱大天王座下五劍所殺，而那人還在樹椏上做他的春秋大夢。

那人當然就是大肚和尙。

大肚和尙就是廣西五龍亭之役，僅剩下的最後一人，明知必死仍站在蕭秋水身邊死守不移的大肚和尙。

除了大肚，還有肥頭大耳長下巴的「金刀」胡福，黑不溜丟一雙賊眼的「鐵釘」李黑，三年不說話、說話嚇死人的「鐵頭」洪華，高如椰幹，說話如連珠炮響的「雜鶴」施月，以及三把劍闖蕩江湖、由小到老雄心未失的「千手劍猿」藺俊龍等人……

——他們都來了！

蕭秋水心裡發出一聲狂喜的歡呼！

眾俠也見到蕭秋水，如雷動般歡呼起來！

他們素來歡樂的臉上，縱然在此際最歡欣的剎那，卻仍臉帶憂憤之色——這是從來所未有的。

鐵星月第一句就道：

「蕭大哥，你怎麼那麼大了還玩『騎膊馬』，那老頭兒——」說到一半，才看清楚蕭秋水背上背負的竟然是當陽之役威震全場的楚人燕狂徒，他再膽大，也張口結舌，一時很難把話接得下去。

燕狂徒笑笑道：「怎樣啊？我老人家在此，你就變啞巴狗了麼？」

鐵星月本來就是「天不怕、地不怕」的人，被燕狂徒這麼一激，就算對方是天王老子，他也容讓不得，當下罵道：

「老而不死！罵你又怎樣!?你又不是沒有腿，還要蕭大哥來背……」

少林洪卻突然爆出一句話來：「大哥，岳元帥被下牢了！」說罷語不成音。

蕭秋水腦中頓時亂烘烘一片，盡是：岳元帥下牢，岳元帥下牢……當時只來得及追問了一句：

「爲……爲什麼？」

李黑沈痛地答：「秦檜那狗賊要陷害忠良，幾曾須有理由了。」

蕭秋水的心裡亂糟糟的。腦裡只想著一句話：我去救他，我要去救他……我要去救岳元帥！

這時忽有一枝亮日似的烈芒，迎面罩來。

烈日如炎，眼睛無法睜展。

若換著平時，這一劍就算蕭秋水閉著眼睛，也可以接得下去。

但是蕭秋水這時心神渙散，這一劍迎臉刺到，竟不知閃避；卻在這時，旭日忽去。

那金芒就挾在兩根手指裡。

這二指一挾，竟令烈日也爲之黯淡！

劍是康出漁的劍。

手指是燕狂徒的手指。

蕭秋水如夢初醒，這才知道燕狂徒救了他一命，也才弄清楚，原來跟鐵星月、大肚和尚、邱南顧一群人打得紅了眼的，正是「權力幫」的人，其中兩大高手，便是「刀王」兆秋息和「觀日劍神」康出漁！

少林洪大怒，一撫光頭，沈頸挺頭，直向康出漁撞了過去！

兆秋息冷笑一聲，刀光一閃，往洪華的脖子一刀斫去！

猝然刀頓住，被人雙掌一拍，硬生生挾住。

出手的人是大肚和尚：這一干人，因在戰場上隨蕭秋水已久，都學會了不少武功，早已非昔日吳下阿蒙。

蕭秋水奇道：「這……這是怎麼一回事？」

金刀胡福道：「岳元帥在朝被奸相不由分說捕去，秦檜恐有人劫獄，便飛騎令朱順水來監護，聽說金人那兒也派出『關外三冠王』來除去岳元帥，唐方妹妹知曉此事，便遣我們來通知你，因爲只有你出手才能穩住朱順水和塞外那三個魔頭！」

蕭秋水心亂如麻，聽得唐方名字，猶似心頭抹過一陣光明，當下問：「唐……唐方……呢？」

雛鶴施月道：「唐姊姊沒有來。她趕返蜀中，要求唐老太太出手，拯救岳元帥出獄，一路上護岳家老少，前往黃梅縣。」

蕭秋水雖然失神，但心思敏銳，便問：「李幫主也在京師，爲何不請他和趙姊出手？」

鐵釘李黑歎了一聲道：「這件事的看法，可大大不同。」欲言又止。

蕭秋水急問：「有何不同？」

邱南顧將嘴一撇道：「李沉舟跟朱大天王雖不是一路的，朱順水站在秦檜一面，勾結金人，迫害忠良，李沉舟卻認爲時機已到，岳飛若被殺，必引起天下英雄之不服，他正好可以領兵造反，自立爲王，再起兵抗金，做他的春秋皇帝大夢！」

蕭秋水一震，道：「那李幫主打算袖手不理了？」

李黑搖頭歎息道：「權力幫還是一個『權』字闖不過；像李沉舟這種人，一旦逮著時機，怎肯放過？何況柳五死後，他也人心大變……」

這時兆秋息的刀光發出凌厲的攻勢，大肚和尙已漸不支，邱南顧趕去相助，合戰兆秋息，登時穩住了局面。

蕭秋水更爲詫異：「柳五死了……!?」

燕狂徒也急問道：「慕容、朱大天王、唐門數家合攻權力幫一役，究竟怎麼了？」

胡福道：「墨夜雨死了，唐絕、唐宋、唐君秋、唐君傷等皆喪命當堂，慕容世情也被殺。權力幫除失了個柳隨風外，倒沒什麼損失。」

燕狂徒頷首，似萬分欣慰，蕭秋水從未見過他有過這種慈藹的表情，只聽他道：「李沉舟果然雄才大略，厲害非凡。」

這點蕭秋水也頗有同感，道：「世上有些人，確不是其他的人努力就能取代得了的。」

李黑道：「現下的情勢變成了——朱大天王擁護金兵，支持秦檜，加害岳元帥；塞外三冠王則千里趕程，要殺岳飛。李沉舟有心讓時勢造成動亂，他才有機可趁，所以也阻止別人營救岳爺。我們一路上來通知你，權力幫就作出了三次警告，我們仍舊不理，這『刀王』便率眾跟我們拚了起來。」

蕭秋水訝道：「趙姊姊知道此事，也不設法阻止嗎？」

藺俊龍憑著三柄劍，往「權力幫」陣中衝殺了一會，返來後恰好聽到這句問話，他臉不紅、氣不喘，年紀雖大，但仍好奇又多事，便答：

「那叫唐方的美麗小姑娘，曾將情形告訴那趙師容，趙師容也曾勸過李沉舟，我聽那李沉舟的小子卻答：『妳是在求我？妳不是向不求人的嗎？爲了蕭秋水，值得嗎？』趙師容便氣得臉色發白，走了。唐方勸她，她說：『我只要避了一避，但若他出了事，我還是站在他那一邊的，』趙師容便叫唐方把這話告訴你，唐方要趕赴蜀中，便囑我轉告你知道。」

蕭秋水呆了一呆，想到那莫愁湖畔的金陽，和哭泣中的稻草人，不禁一陣黯然。

「蕭大哥；」陳見鬼這時走近來一步，正色道：「唐方姐要我告訴你一句話。」

「她這次回川中，已破了唐門家規，唐燈枝不會放過她的，若她出不來了，叫你不必等她，也不要去找她，唐門是去不得的。」

蕭秋水腦袋轟然一聲，大聲道：

「我不能答應！若她出不來了，我便要去找她！刀山火海、修羅地獄，我都要去找她！我不能答應！」

聲音滾滾地傳了開去。雪爲之融。冰爲之裂。

稿於一九八〇年八月四日
第二屆神州社員「天方夜譚」之
旅：汐止夢湖行前週
重修於一九九三年九月廿九日
北京青年報刊出「假古龍與真瓊
瑤」文分析我書在大陸書市趨勢
／蘭州晚報之知識問答有我「說
英雄」系列作考題／「刀叢」一
書翻版可得合理賠償／慶均大札
可感，當長期合作，他熱切為我
洽辦改編影視事／素馨來函有天
份／朱大可傳真／決意不在SH
C處發表／生活秩序大亂／寫稿
進度已趕上至九一年之CHL／
今起又蓄鬚
三修於一九九八年一月廿四至廿
六日

低調過渡期／食街新開張湊熱鬧／梁赴澳往返／念、儀均允約春節拜年／發近身理事花紅

溫瑞安

第二齣　雪怨

六　瞿塘峽

康出漁見一劍暗算蕭秋水不成，早已嚇得心驚膽戰，他與蕭秋水交手數次，蕭秋水初時沒什麼，但武功一次比一次厲害，後來又聽說過蕭秋水挫敗「南宮世家」和「上官家」的威名，還有長板坡之役的轟動一時，今見蕭秋水出現，心中如十五吊桶，七上八下。

康出漁不敢戀戰，兆秋息也自知武功不如蕭秋水，打下去也討不了好，既然蕭秋水出了面，在幫主那兒也有了交代。當下虛砍幾刀，逼退大肚和尚、邱南顧二人，返身退走。

兆秋息一走，康出漁哪有不跟上之理，鐵星月等待要追去，蕭秋水已「呼」地躍出，攔住康出漁。

康出漁臉色一陣青一陣白，又由紅轉黃，只嚇得上下唇打著顫，蕭秋水道：

「當日你率人攻打我家的不可一世，威風去了哪裡？」

康出漁強笑道：「蕭……蕭大俠，你雙親可不是……可不是我殺的。」

蕭秋水道：「可是我的家卻是你毀的。」說到這裡，蕭秋水不覺憶起了蕭家劍廬，本來一片溫馨和諧，卻被這江湖詭譎陰險風波所吞滅，毀於一旦。又想起了雙親的音容，幾潸然淚下，癡然而立。

康出漁猶自分辯道：「那都是李幫主和五公子要我們幹的呀……」忽瞥見蕭秋水正楞楞發呆，心中便有了計議，又見蕭秋水背負一個雙腿不能走動的老頭，心忖：這人跟蕭秋水關係定必非同泛泛，若一出手傷了老頭，定能分了蕭秋水的心，如此便能逃之夭夭……

他自己心裡還為自己在這危急狀況下，居然想出如此妙計，而暗裡喝了一聲彩。

——他卻不料自己好像拿著一柄刀，刀尖調錯了頭，正往自己心窩裡捥去。

——又像是抓了一把鍬鎬，一鏟一鏟的，卻是替自己掘好了墳墓。

康出漁出手了。

劍如烈日。

那「老頭子」也出手了。

「玄天烏金掌」。

這是「觀日神劍」康出漁最後一次出手。

他自己掘的墳墓，他自己跳下去。

他萬未料到自己爲了不敢正面碰蕭秋水，結果卻正面惹上了燕狂徒。

燕狂徒生平不暗算人。

他嗜殺、喜鬥，但卻堅持要光明正大的打。

他最恨的就是暗算別人的人。

但是康出漁沒有死，他只是被摑暈過去而已，燕狂徒沒有殺他，他私下自有不想殺李沉舟手下的人之理由。

康出漁暈倒，兆秋息率眾離去。「權力幫」的人，本就因利害關係、職分之故而在一起，彼此死活，本就不怎麼關心。如果沒有李沉舟、柳五、趙師容，這些人早就自己打個翻天覆地了。

這時天氣已轉寒，雪愈下愈大，漸漸鐵星月等人，眉、鬚、髮、衣襟上，都沾有白雪，活像小老人一般，他們都以期切的眼神望著蕭秋水。

蕭秋水心裡一直在起伏掙扎著、盤算著，亂鬧鬧的盡是幾個問題：——走，去找唐方……不，先救岳元帥……應該先找李沉舟，要他協助拯岳抗金……然而李幫主的做法，究竟對不對？他，究竟要先去哪一處？

他想著想著，雪愈飄愈密，他自己愈是得不到解決，不禁低聲反覆自語了起來……先找唐方？還是先救岳元帥？先圖說服李幫主？還是……

忽聽一個聲音道：「都錯了。還是先跟我走。」

這聲音來自頭上，蕭秋水這才記得還背負著燕狂徒。這時康出漁已被燕狂徒擊倒，倒在他腳旁，他這才覺察。只聽燕狂徒笑道：

「看你，想得眉鬚皆白，像個小老人似的，不如跟我走吧。」

蕭秋水怔了怔，道：「跟你走？」

燕狂徒笑道：「正是。第一，你答應過我要陪我去三個地方，而今只去了兩處；第二，我第三處地方，正是你要去的，我在第三處地方所作的事，也正是你現在要做的第一件事。」

蕭秋水動容道：「什麼地方？什麼事？」

「到長江七十二水道、三十六路總瓢把子去，殺朱大天王！」

「想救岳元帥，得先殺朱大天王！」

「想見唐方，至少要待身邊事了，不殺朱順水，禍事層出不窮，何時方了？怎麼放心得了？」

聽了這些話，蕭秋水便毫不猶疑的答應了。

長江有七十二水道，三十六路綠林豪傑，而今全在一人統治之下。

這人便是朱大天王。

燕狂徒和蕭秋水，便要去殺了此人。

待到得了瞿塘峽，已經是臘月的時分。

新的一年未到前，雪，總是時停時降。

冰雪風霜，到底封不住滔滔的長江流水。

這一天，一老一少，在船上。

蕭秋水和燕狂徒都知道，既到了這裡，自己的一舉一動，莫不在朱大天王手下黨羽的監視之內。

只是這老少兩人，老的狂傲不羈，小的膽大心細，又豈懼於這些小小陣勢？

蕭秋水想著他跟兄弟們在嵩山腳下分手前，曾再三叮嚀，自己和燕狂徒先去制住朱大天王，兄弟們必須留意岳元帥的安危，但切忌輕舉妄動，以免觸怒秦檜，引起殺心……

——不知兄弟們有沒有依計行事呢？

想到一干弟兄們的火爆脾氣，蕭秋水不禁有些耽心起來。

長江三峽位於川楚，瞿塘、巫峽、西陵，合稱三峽。又分上、中、下三峽，上峽即瞿塘、巫山二峽山，中峽是巫禽、崆岑二峽，下峽就是燈影、黃貓兩峽，每一峽中又包括了兩小峽。

蕭秋水和燕狂徒在岷江租得了五板船，放棹數日，這天只見日巡頭干，渺渺愁予灩澦堆前。

這五板船租借時，價錢上未多爭執，舟子兩人，都沒有計較，兩下心裡雪亮：就算不給錢，這舟子也非載不可，這艘船根本就是朱大天王派出來接他們而去的。

——你既有備，我們就衝著你來，看你能搗什麼鬼？

這兩人都是絕世武功，膽大包天，燕狂徒笑問蕭秋水道：「你會不會泅泳？」

蕭秋水笑道：「我不會。上次差一些兒就淹死在灕江中。你呢？」

燕狂徒道：「我連洗澡也不會。」

兩人大笑，絲毫沒把喬裝棹舟的人放在眼裡。

這時船已到了一地，兩山峽峙，北岸如刀削，南岸如斧劈，望之若門，是爲夔門，萬仞摩天，奇險可怖。只聽舟子停下後，兩個蓑衣船夫，遙遙和人喊話的聲音傳來。他們喊的都是當地土話，燕狂徒和蕭秋水都聽不太懂。燕狂徒冷笑道：

「看他們搞什麼鬼。」

只見有五六艘快舟，船身漆黑，靠近這舟，嘰哩咕嚕地說了一陣，又握手道別，似朋友寒喧一般；儘管江流甚急，舟子顛簸，這些人都笑談如故，足可見馬步之穩，燕狂徒低聲道：

「瞧！有個疤臉傢伙正塞了件東西到船夫手裡去：大概就是朱大天王決定下來『處置』我們的東西罷。」

蕭秋水一笑，燕狂徒也沒去理會，逕自觀察山勢，道：「你可見到那大山？」蕭秋水抬目望去，只見那大山不生草木，土石皆赤，對面的山峰高峻，色如白鹽，兩者比較下，令人怵目心驚，又覺造化之鬼斧神工。

燕狂徒道：「那紅土峭壁，叫做『赤甲山』，對面就是『白鹽崖』，這山上有座白帝城，城內有座白帝廟，氣象肅森，有越公堂，隋時便在此大破陳人海上之師……這是長江一處極爲險要之勝……」燕狂徒閒話說史，只見江流滔滔，蕭秋水悠悠入神。

這時兩個船家回艙，見燕狂徒與蕭秋水閒情講史，以爲計策得逞，這兩個扎手的點子並未發覺，心裡甚爲得意。

又遇一段急灘，到了瞿塘峽口，巨石蹲踞，形狀古怪，燕狂徒指著那堆奇形怪狀的險石道：「若據此抗敵，置鎮橫江，能一夫當關，萬夫莫開。」燕狂徒一生在殺伐中渡過，至此所見，不過是一陣感歎而已，不知蕭秋水聽來，卻有一陣惻然。然而百數十年後，這兒便是宋大將徐宗武置鐵柱三百七十七丈五尺以抗敵的地方，也是南宋抗元的取後鑿戰之場。

燕狂徒等雖懷昔時，臆度將來，而生興歎，也是正常不過的事，燕狂徒以前叱吒風雲年輕時，曾來過此地，故指指點點，說與蕭秋水聽：

「……這兒叫做灩澦堆，因石形奇詭，又叫做『燕寓石』，是兵家必爭之地。這兒每年三至十月水深泛漲，水淹大石，沒石之頂，水盛勢猛，縱熟水性的人也深畏懼。有一歌謠是：『灩澦大如馬，瞿塘不可下……』」燕狂徒說著說著，便手之舞之足之蹈之，竟唱哼了起來，面對大江，意興風發。

卻一陣菜香裊來，燕狂徒止住了聲音，鼻子用力一索，笑道：「原來是在飯菜裡做古怪。」

蕭秋水一聽，心中好生敬佩，燕狂徒能在鼻子一聞當中，便分辨出菜香有毒，單止這一份江湖經驗，便是自己遠所望塵未及。

燕狂徒一面對著大江急流，張開喉嚨，放聲大唱，一點也沒把危急的情況放在眼裡，這時大浪奔滔，觸石而下，直指灩澦，只見摩崖上書有三個粉白大字：「對我來！」

蕭秋水脫口讚道：「好氣勢！」

這時大江急湍，盪盪滔天非同小可，燕狂徒解釋道：「這石叫『披鬃』，瀆漩洶湧，波浪曲折，船隻絕於行……」說到這裡，忽想起一事，道：

「若賊子在這裡弄翻船隻，我們又不諳水性，豈不糟糕？」但如此說著時，臉上仍毫不在意的樣子，他天性豁達，就算生死攸關的事情，也未必放在心上，但說時揮手解開了蕭秋水上身的穴道。

蕭秋水笑道：「這裡氣象深秀，就算死在此地，卻又何妨？」

燕狂徒翹起指頭，喝了一聲：「好！」

這時那兩個船夫，已將熱騰騰的菜捧上來。蕭秋水側首望去，只見江水上船屋仍緊躡著幾艘小舟，顯然是盯梢的。蕭秋水便向燕狂徒笑了一笑，向船家道：「難為你們在急浪中能弄出這般好飯菜來，真不簡單啊！」

那黝黑船夫笑道：「沒什麼，多年來在船上，也習慣了。」

另一個一口黃牙的船夫笑道：「您倆爺們慢慢用，我們自己掌舵去。」說著便轉身要走。

燕狂徒忽然用一種平和、端然的聲音道：「你們也餓了，何不齊來喫？」

只見那兩人的背影稍稍猶疑了一下，一人笑道：「大爺客氣了，哥兒們咱還要幹活去呢，否則浪急風大，船易朝天轉哪。」

燕狂徒呷了一口酒，說了一句話：「酒裡沒有毒，可以喝。」他是對蕭秋水說的，只見那兩人的背影，同時都震了震。

燕狂徒淡淡地道：「什麼兄弟倆？『海底蛟龍』榮林和『城隍水鬼』靳欽，連上香結義都沒有的事，哪是什麼親兄弟！」

兩人完全怔住。燕狂徒一抬手又道：「來啊，來吃飯菜呀。」

那兩人忽同時唿哨一聲，往船舷奔去，看樣子是想躍入江中去。

燕狂徒道：「要作水中餓鬼麼!?」一伸手，那兩人奮力前衝，卻反而後退，竟給燕狂徒隔空硬生生吸了回來！

那兩人嚇得魂不附體，兩人拚命擰身，拔出了兵器，就向燕狂徒身上招呼過去。

燕狂徒輕描淡寫般地一伸手，就扣住兩人脈門，兩人登時混身沒了氣力，燕狂徒道：「你們自己動筷吧！」兩人哪敢吃，還待掙扎，燕狂徒忽然一沈臉色，一肘撞在几上，喝道：

「那你們是敬酒不吃，吃罰酒！」

燕狂徒在几面上這一擊，只激得几上的菜肴，盡向兩人臉上噴去！燕狂徒雙手稍爲用力，兩人俱痛得哇呀亂叫，恰好那些菜肴，有不少都濺入兩人口裡去！

兩人嚇得臉無人色，忙不迭拚命想吐出來，燕狂徒冷笑道：「你們平日不是吃人不吐骨頭的麼？」雙手透過一般陰寒之氣，兩人頓時爲之癱瘓，又放手，閃電般在二人喉頭上一捏，好一些菜肴，便吞入了兩人的胃裡去，再也掏挖不出來。

燕狂徒便笑嘻嘻的放了手，那兩人全身顫抖，蹲下身去，又嘔又吐，但都咯不出來，嘔了一陣，胃水漸漸變成紫色，兩人手足搐動，口吐白沫，五官溢血，在地上哀呼打滾。

蕭秋水看得怵目驚心，心忖：燕狂徒迫兩人吃下菜肴，雖是以毒攻毒，但仍未免太毒，若換著他，便做不出來。只聽燕狂徒淡淡地道：

「以牙還牙，以血償血，你毒死我，我便毒死你，這便是武林中、江湖上千古不易的道理，你不必對我乾瞪眼。」

這些話像是針對蕭秋水說的，又似是衝著那兩人瞪死魚般的眼睛說的。原來在蕭秋水沈思的才一會兒功夫，那兩人便已毒發身亡，死狀極慘。

蕭秋水暗歎了一聲。這時船身突然一陣急晃。

這時浪水愈來愈大，只見這處石寬一丈，長約四丈，屹立江心，左右漕口二道，波浪滔天，小小舟子怎能經受得住？蕭秋水心裡暗忖：原來朱大天王算好了遣人在這裡出手，仗著天險，縱不成功，我們也難逃出滅頂之凶！

只聽燕狂徒失聲道：

「糟糕！死了船夫，我倆都不諳水性，由誰來掌舵呢？」

燕狂徒一面說，一面飛身過去，努力把住舵棹，但是江水乃天地自然之力，非燕狂徒的功力所能控制的，燕狂徒愈是想穩住船身，愈是難以控制，而且因下盤不能站立，更難發力，眼見小舟便往「對我來」的巨巖上撞去，這一下，想不粉身碎骨幾難矣，饒是藝高膽大的燕狂徒，在這自然威力的滔天江水上，也不禁手忙腳亂起來。

蕭秋水急忙趕上去，見「對我來」三字，忽生一念：他所學的「忘情天書」，便是忘去一切有情物有慾念，達到了天人合一，物我相忘的情境，尤其是「天意」一訣，更得其神。蕭秋水在這「灩澦大如牛，瞿塘不可留」的天險間，忽然悟了些什麼。

他立即把舵，隨水傍流，任其往巨巖流去。其實此處江水上游南岸的青龍嘴，自嘴上游北岸臭鹽磧而下，通北岸石梁，獨時中流，東北而下，大浪奔騰，如先避石反而有礙石之虞，乃至粉身碎骨，蕭秋水任流面石而行，只掌穩舵柄，而不強去改變方向，反而輕舟過急浪，竟能安然無事渡過了這險灘。

燕狂徒跳起來叫道：「原來你會這一手，怎麼不先告訴我!?」

蕭秋水道：「我不會。係形勢所迫，悟出來的罷了。」

燕狂徒側首想了一下，喃喃道：「怎麼我卻想不出來？」又自我解嘲道：「我老了，還是你行！」其實燕狂徒天性穎悟，智慧過人，所以才能練就蓋世神功，便逆勢而行，不受拘束，比起蕭秋水，卻正好在某些情形下少了一份順天行事、福至心靈的氣質。

這時舟子已過險境，又穩行一段水路，燕狂徒道：「該快到朱大天王的老巢罷。」忽噤聲不語，臉容一整，畢恭畢敬，對外拱了拱手。

蕭秋水鮮少見過這楚人燕狂徒如此莊重，隨而望去，只見平磧上約四百丈地，眾細石各高五丈、寬十圍，歷然遍佈，縱橫相當，中間相去九尺餘，正中開南北巷，廣約五尺，蕭秋水仔細一數，凡六十四聚，當下不但為這奇陣和天然壯闊沈雄的氣勢所震住，更想起一事，顫聲道：

「是……」

燕狂徒沈重地道：「正是諸葛武侯的『八陣圖』。」蕭秋水聞言後，也端容拜了三拜。

原來這裡便是劉備伐吳，連營八百里，退入三峽，以奉節為庇，吳將全琮率軍數萬，溯峽躡擊而上，縱倚投鞭斷流之眾，仍為諸葛武侯的「八陣圖」所阻，杜甫有詩云：「功蓋三分國，名成八陣圖；江流石不轉，遺恨失吞吳。」此後每歲入秋，夔府紅男綠女，傾城出遊，去觀賞八陣圖，便叫做「蹋磧」。只是當時風雲人物，只今都成了悠悠青史上的話題而已。

這時冬水退，石顯水上，蕭秋水和燕狂徒見此巍峨遺跡，心中一股高大仰止的感覺，連大氣磅礡都不能言表，只覺人在幽深世界裡，只不過是偶有感觸於天地浩瀚而已。

就在這時，石柱旁閃出數十艘快艇，艇上都有一個鮮紅的「朱」字。

燕狂徒最不可忍耐，罵道：「他奶奶個熊，居然敢在諸葛武侯陣上布陣，好不自量！」

那些艇上的人正待喊話，只見一頭大鳥般的人影，飛掠了過來，一躍數十丈，已然撲到。

那艇上有三人，一人在船首，一人在船尾，另一人在中央。

燕狂徒撲上當先的一艘舟子，一把揪住那人，那人武功本是不弱，但燕狂徒的出手，他焉能封鎖得住！燕狂徒一把執住他，問：

「你想幹什麼？」

那人一見燕狂徒撲來，已三魂嚇飛了七魄，現又被燕狂徒所制，更嚇得上下唇打結，說不出話來，他兩個同伴要來救，燕狂徒一揮手，便將兩人打落水中，又問了一次：

「你想作什麼？」

那人心慌意亂之下，倒也老實：「我……我們鑿船。」燕狂徒一皺火眉，問：「鑿船？」那人不知如何解釋，只得用手指了一指，指的正是蕭秋水的船。

燕狂徒這才會意，向蕭秋水遙相喊道：「有人鑿船！」一面說著，一面用手指著水面下。這時他另一手抓住那人肩膀，藉以穩住身子。

原來這數十舟子，早已派人潛下水去鑿穿蕭秋水、燕狂徒所乘的舟子，然後待二人在水裡浮沈時，再發暗器打殺他倆。可惜這些人尚未來得及喊話，燕狂徒居然能一掠數十丈，制住一艘舟子，是這些人始料未及的。

蕭秋水見了燕狂徒的手勢，立時醒悟過來，可是就在此時，舟子猛地一偏，震盪不已，又聞沉盪「鼕鼕」之聲，便知有人已潛在水中，正在鑿腳下船底。

這時水流較緩，只是蕭秋水不諳水性，麻煩可大了。百忙中抬目一看，只見燕狂徒也是左搖右擺，船上汩汩淌水，雙足都踏在水中，舟子也漸漸下沈。

原來在燕狂徒掠上那舟子時，早已有人偷偷潛水過去，鑿穿船底。

燕狂徒最怕落水，當下一手捏死了所擒之人，又一連幾掌，打在水上，只見水柱捲起丈來高，船底下四五個人，都被水力震死。

還有兩人，急潛泳遁走。燕狂徒哪肯放過？連劈兩掌，震死二人，但水柱更激入船內，更加速下沈。

燕狂徒正要設法冒險，躍到二十丈外的舟子上去，但適才他能一掠十餘丈，顯了本領，其他舟子都拉遠了距離，他正急切間，驟然「嘩啦」一聲，整隻船都翻了。

原來還有一人，見同伴俱被掌力震死，自己若冒險出去，難免也同一命運，便藏在船底下，燕狂徒果未注意，只是那人在水裡久了，憋不住了，要出來透氣，又怕給燕狂徒發現一掌打死，便索性豁了出去，先掀翻了燕狂徒的船。

燕狂徒「嘩啦」一聲，落入水中，因不諳水性，便吞了幾口水，在水花中一時睜不開眼，這一代武林宗主，落入水中，可謂狼狽至極。而那人卻趁機潛至，偷偷一刀搠來。

這一刀刺到一半，忽然給人拑住了手腕，便沒了氣力。這人便是蕭秋水，他當然不諳泳技，但在危急中想起「忘情天書」十五法門中有「水逝」一技，當下深吸一口氣，潛入水中，並不掙扎，只凝注目標，緩緩順水勢流去。

這一下子，反而能半身浮在水面上，而且能往目標潛遊過去，因此能及時解了燕狂徒之危。

只是蕭秋水剛扣拿住那人的脈門，各小舟上，便暗器驟發。燕狂徒這時，除了不諳水性外，雙腿又動彈不得，十分狼狽，這些暗器密如驟雨，確是不好應付。

蕭秋水情急之下，將那人推開，一手扶持燕狂徒，設法讓他口鼻露出水面，另外一手兩足，忽然拍打起來。

他本來可用那被他所制的人來作盾牌，擋去暗器，只是這幾日在江上的深思，使蕭秋水的想法又更進一步，在大江明月間體悟了生命之短暫，因此更留戀珍惜自己。他此刻擊打水花，發出了「水逝」的力量。

只見在他周圍激起了無數串水柱，那些暗器射在水牆上，為勁力所控，無法透過，紛紛被擊落了下來。

七　八陣圖

那些舟上的人，多半的暗器，因爲距離太遠，腕力不足，無法打到蕭秋水的範圍去；如若駛近，則適才便是被燕狂徒強行登舟，他們也不敢。所以只有少數暗器能射到蕭秋水處，但又被蕭秋水藉「水逝」之力封架。

只見蕭秋水如一尾大魚一般，伏首於水面上，身子成一直線，右手扶著燕狂徒，在波濤中向「八陣圖」中潛去。他以前曾應付過「八陣圖」陣勢，那是別傳寺役中，所以對此陣很是熟悉。

蕭秋水心中是想，只要一旦靠近「八陣圖」的石柱那兒去，著陸後就不怕這干宵小之輩了。

但是眼看他已靠近「八陣圖」的石峰時，石柱上忽然出現人來，這些人手上都扣了一把三丈來長的罕見長槍，只要蕭秋水稍爲游近，長槍即行搠去。蕭秋水既在水中，身法挪移，極爲不便，閃得幾下，燕狂徒又灌了幾口水，這不可一世的英雄，兀自笑道：

「老弟，你別管我，自個兒拚上陣去，殺他個痛快！咕嚕咕嚕！」

那幾聲「咕嚕咕嚕」原來不是說話，而是燕狂徒被水灌進了喉嚨的聲音。蕭秋水一面閃挪，一面以單手奪槍，只要一旦能奪一槍在手，便能隔空反攻，不致盡在下風，一面反問道：「我們是幾人齊來？」

燕狂徒一楞，道：「兩個人啊！」

蕭秋水道：「那麼便兩個人殺上陣去！」眼看可以抓著一把槍——只要槍身被他把著，那些人的內力，又焉是他對手？至少也可以奪下一柄槍來——豈料槍身上鑴有倒刺，而且藍汪汪一片，顯然醮有劇毒，蕭秋水縮手得快，才不致給倒刺鉤破了皮而中毒。

蕭秋水知道不能硬闖，卻苦無處藉力，無法一躍而起，只要教他衝上陣去，便不怕這一干人了。可是他人在水中，全仗「水逝」一訣，僅能保持不致沒頂而已。

他再借水勢流到另一石堆。但又被長槍挑開，如此下去，他只有被攻襲份兒，完全無還手之力。「八陣圖」的迷離陣勢，加上長槍佔盡先勢，蕭秋水又有燕狂徒的負累，眼看就沒法支持下去了。

燕狂徒當然想力圖掙扎，但他不識水性，縱有蓋世神功，亦無從發揮起，偏在此時又內外創復發，加上腿部動彈不得，可謂一世英雄，偏無用武之地。

就在這生死存亡的一刻，蕭秋水忽想起一事，與這情形有些相似：便是自己在

「四兄弟」的時候，曾在同樣長江之峽的秭歸鎮上，為救那員外一家，曾與朱大天王的手下「三英」交過手。打到後來，船舵被斬斷，船順流撞向「九龍奔江」的大石塊上去，後來自己從側邊力撐，加上「鐵腕神魔」溥天義以鐵竿頂住，那大船才免於船毀人亡。

那時朱大天王的人潛在水中暗算，卻給善使暗器的唐柔一一打殺。

——要是唐方在就好了。

在這生死關頭，蕭秋水仍不禁思念起唐方來。

——唐方唐方妳在哪裡？

他眼前又想起在湘灘水前，自己被打落山崖，與唐方雪玉般的眼神，漸去的身影……

——咫尺天涯啊，如何才能縮短這咫尺天涯？

這是「地勢」！——蕭秋水忽然心中一動：「忘情天書」的十五法門之中，正有此訣。

他立時覷出了這陣勢中的死角。

「八陣圖」確無暇可襲，蕭秋水無法找到它的破綻，不過「八陣圖」的陣勢，是藉天時地利，以寡擊眾，而不是為對付一個人而設。

所以蕭秋水能覓得虛隙，乘機而入。

人一旦進入了死角上，長槍無法曲折刺到，反而可以利用岩石而遮去了敵人的視線。

蕭秋水眼看便能衝上其中之一石堆——只要衝得上去，便可以佔領一隅，一旦到了岸上，這些人又豈是武林第一奇人燕狂徒之敵？

冬天的江水，原是極凍，但兩人神功斗發，渾然未覺，只想衝上石堆去。

卻就在這時，江水又洶湧了起來：江流至此，本來較灩澦堆時已略緩，但又猝然湍激起來，而且連江水都迅速沸暖了起來——

只見在岸上一人，不住扔下巨石，巨石中帶有火藥，直炸得碎片激飛，江水波盪，蕭秋水雖用「水逝」之法，勉力把持，但一方面顧慮著燕狂徒，一方面自己也真不懂泳技，情形甚岌岌可危。

燕狂徒瞧得情形，亟不願拖累蕭秋水，於是也要有所爲，這時大石不住擊落水中，又復炸開，燕狂徒的指功雖未足以攻及石堆上的敵人之距離，但卻每次能命中半空中的墮石，硬生生將墜石迫了開去。

蕭秋水運目瞧去，一眼認出，那崖上的人便是雍希羽。雍希羽外號「柔水神君」，在丹霞山之役，曾在別傳寺與自己等共拒過「權力幫」，於是大聲叫道：

「水上龍王，天上人王；」

雍希羽在崖上，猛聽此語，不禁微微一震，這喊聲原本是在江水洶湧，噪聲捲天之際喊出的，能透過這般遙遠和劇烈炸響，傳入雍希羽的耳中去，單憑這一份內力，已相當的了不起了。

雍希羽正以石沈水，激起浪濤，以破蕭秋水的「水逝」之勢，這時忽聞「水上龍王，天上人王」八字，不禁憶起丹霞山抗敵時，與五劍老叟闖海山門喊話之一幕，這時日頭昏濛，寒意甚濃，只見舉面古戰場與浪淘沙，一失神間，便應道：

「上天入地，唯我是王。」

蕭秋水知機不可失，一面迅速向石堆潛行，一面揚聲叫道：

「大火故人來！」

柔水神君又是一震。這是他在別傳寺抗敵時，在「火王」焦土攻勢時所說的一句豪語，乍聽這詭異的聲調，雍希羽只覺一陣恍惚，一陣眩目，一陣迷糊，呻吟了一聲：

「客敲月下門。」

這句話是緊接著「火王」祖金殿的「焦土攻勢」後，「藥王」莫非冤闖入別傳寺時所說的話。雍希羽已給一種無形的力量，整個人不由自主的掉進往事去了。他忘了指揮手下攻擊，只聽蕭秋水又說話了，聲音愈來愈清晰：「大家早，大家好。」

「大家早，大家好。」是紅衣宋明珠一進來別傳寺時，所說的第一句話。「紅鳳凰」宋明珠是該役扭轉乾坤的人物之一，若沒有她對抗邵流淚，「別人流淚他傷心」

的邵長老，早就已穩住大局，將「權力幫」的人殺死，自己也不致於上了他的當，導致在峨嵋金頂上，毒死了四大派的掌門和自己的親信鴛鴦劍叟……

如此想來，不禁覺得茫茫江水，遠水接天，煙波浩渺，而人生卻恍如一夢。就在他看破了這些的時候，忽覺一道急颼，又有人喝道：「不可！」但「砰」地一聲，他背脊中掌，整個人墜下了江心去了。

原來蕭秋水與他對答時，因由思念唐方而生出「忘情天書」的「親恩」之訣，以一些聲音、手勢、音樂、景象吸引住對方，以驚人甚至高於對方數十倍的內力，使對方墜入了往事塵煙之中，同時蕭秋水已游至石堆邊，運勁先將燕狂徒托了上去。

燕狂徒一旦抵岸，正如魚得水，一掌拍地，幾個縱落，已到雍希羽背後，蕭秋水雖不知雍希羽正大徹大悟，但畢竟曾與之同禦強敵，雍學士還曾想收蕭秋水爲徒，可謂情義甚篤，蕭秋水此際忙要阻止燕狂徒下殺手。

但燕狂徒已出手。

這一代「柔水神君」便墜下長江浩浩之中。正如「烈火神君」一般，最終玩火自焚，被「火王」引火燒殺於峨邊。

燕狂徒不好意思的搓搓手掌，道：「收手不及，打下去了。」

蕭秋水提氣急縱，上得石堆，只見大浪淘淘，哪有人影？怔了一會兒，只得罷了。

這時那些埋伏在八陣圖上的人，見這兩人已搶登上主灘，知道大勢已去，紛紛遁水道逃走。蕭秋水背負燕狂徒，在山崖間縱高起伏，不一會已上了山崖。

只見崖上有一面閃揚的長旗，旗全黑色，上繡一隻欲飛的金龍，隨風勢飛動，真似飛舞在天空一般。

燕狂徒道：「只怕就在那邊。」

蕭秋水背著燕狂徒，在峻陡險急的山崖間提起飛縱，絲毫不見滯塞，燕狂徒忍不住讚道：

「好！快連我都趕過了！」說完了才想起自己雙腿近乎全廢，單在輕功一技上，自己已不及對方了，心中不禁一陣黯然，但他是何許人物，一生直不知「氣餒」爲何物，即道：

「待會見朱大天王時，你可要應諾，不得出手。」

蕭秋水應：「是。」這時已上得山頭。這時氣壓甚低，烏雲密湧，坦蕩而壯厲的山頭，就只有一張石桌，三張石凳，兩個人在下棋，一個人在觀棋。

這棋局很奇怪，顯然是殘局，但又不同於一般殘局。

黑子方面，只剩一隻車，一隻將，其餘三隻子，皆是過河卒子；紅子方面，居然沒有帥，只有一隻車，一隻馬，如此而已。

燕狂徒靜觀了一會兒局勢，偏頭問蕭秋水道：「裡頭有沒有你認識的人？免得我又殺了你的朋友。」

蕭秋水正想搖頭，忽瞥見這三人都有一種特殊的地方。

這特殊的地方就是他們三人都把手搭在石桌沿上，好像小孩子在等吃飯時，把手整齊地搭在餐桌上一模樣兒。

但是他們的手，可一點也不「整齊」。

有一雙手，簡直就似鷹爪一般，結了厚厚的繭子，而且手上膚色，如桐油一般，加上指爪，又利又尖，而這人的臉容，凸鼻三角眼，正恰似一張鷹臉。

另外兩個，都斯文得多了。一人像道骨仙風，但一雙手指，骨節凸露，兩顆拳眼，又黑又厚，足有杯口大；另一人溫文儒雅，簡直近乎秀美，但一雙手，微微曲起，手指比人長，也顯得甚爲有力，指甲卻修得乾乾淨淨，到指尖的地方，指尖的形狀忽成方形，似給人削平了一般。但他的左手，只有兩隻手指。

這三人瞧年歲皆不小了，而且一看便可以知道，這三人手上功夫，是非同小可的。

江湖上有哪三個手上功夫如此了得的，而又同時聚在一起的高手呢？

——蕭秋水心裡靈光一閃。

燕狂徒只好歎了一口氣，道：「好，這些我讓給你；」但又接著道：「只是待會兒遇著朱大天王時，他是我的，你也不要理。」

這時山間忽然走上了九個人來。

燕狂徒淡淡笑道：「若是下毒作第一關，那八陣圖就是第二關，這裡便是第三關了；」燕狂徒笑笑又道：

「毋論它佈下幾關都好，待到得了實地上，這些關卡對我們來說，都不管用了。」

那三人逕自坐著，似未聽到一般。

只見那九人走了上來，山風獵獵，已漸飄幾葉小雪，那些人筆直走來，不疾不徐，不慌不忙。

而這九人的手，都特別腫大，像爪瘤一般，簡直不像人的手，有的骨節凸露，有的肉厚指粗，有的指短拳巨，總而言之，就像是野獸的爪。

這九人一直走過來，向著燕狂徒和蕭秋水。

忽然桌上的那三人中的鷹臉人道：「慢。」

那九人一齊停止，幾乎是同時停止，所以他們的身姿，都是一樣：左腳正跨出，右臂擺，像在剎那間，都被人點中了穴道一般停止；然後九人，一齊偏首向鷹臉人望去，臉無一絲表情。

只聽那個道骨仙風的人說：「你們不必多走了，這裡就是你們的終點。」

那看來淳淳儒雅的人，一開口，反而最絕：「你們死吧。」

那九個人頓時變了臉色，他們九個人，一個接一個，就似心意相通一般，把話傳了下去：

「憑你們三人想叛天王？」

這九個字，每人都啓口，只說了一個字，但因爲接得極快，又聲調高低一樣，幾乎讓人以爲是從一個嘴裡說出來的話。

燕狂徒笑了，亮了眼睛：

「原來是『天下第九流』，怎麼也給朱大天王收服了？」

原來星宿海一帶，有九兄弟，這九兄弟姓鈕，未長大時，就扭死了他們的母親，七歲的時候，五個小娃娃居然合力扭死了一頭牛。

於是當地的人，視這九個嬰孩樣貌醜陋、但有九雙老人一般多皺紋的手之幼童爲惡鬼，把他們棄置在原野上。

偏偏這九兄弟不死，而且學得了第一流的擒拿手，以及天竺瑜珈術，與自蒙古傳來的相撲技術，待長大後，九兄弟聯手做的第一件事，便是殺光了從前把他們趕出那小村落的人。

這九兄弟以後做的惡事更多，所以在江湖上有個極難聽的名號：

「天下第九扭」。

這個「扭」字，便是「流」的諧音。

那九個人開始說話了，一個輪接一個地說下去：

「憑你們也敢反叛？」

「天王擒下你們，不下殺手，是看得起你們。」

「否則你們連骨頭都教魚給吃了。」

「你們居然還不知悔改？」

「你們唯一的傳人和後人，還落在天王手中。」

「只要天王下令，他就死無葬身之地！」

「今日天王命你們來擒這兩人，是給你們將功贖罪的機會。」

「你們竟然臨陣作亂？」

「可知道反叛天王的代價!?」

這九人你一言，我一語，簡直就似一人說話一般，接得緊湊無誤，那三人也說了：

「超然已經死了。」

「要是他不死，蕭秋水沒有理由認不出我們這三個老頭子。」

「因爲他若知道蕭秋水要來，一定不惜一切阻止，或者先通知我們，甚至懇求蕭秋水不要殺我等。」

三人的聲音裡都溢滿了一種沈寂的悲哀。然後他們三人一起說話，配合之無間絕不在「天下第九流」之後：

「既然我們投鼠忌器的東西已經沒了，也無所顧忌；反叛的結果，大不了一條命。講到送命，你們怎麼說都比我們先走了一步。」

蕭秋水聽到這裡，才能斷定這三老人是誰，便終於叫了出來：「左丘伯伯！項先生！雷大俠！」

這三人便是蕭秋水從前結拜兄弟左丘超然的父親「插翅難飛」左丘道亭、授業恩師「第一擒拿手」項釋儒，以及義父「鷹爪王」雷鋒三人！

蕭秋水憶起往事，不禁慨歎無窮。「錦江四兄弟」，首次在長江上擊殺「長江三英」，而今鄧玉函、唐柔、左丘超然安在？想左丘超然在嵩山暗算自己，爲的便是項釋儒、左丘道亭、雷鋒陷於朱大天王手中，因而被自己內力震傷，死於婁小葉暗器之下。

這時雲飛風起，北風猛烈，吹得人幾站立不住。

「天下第九流」這時已經出了手。

「天下第九流」的手裡，彷彿沒有什麼東西能經得起他們一扭。就是刀劍，在他們一扭之下，也成了廢鐵；就算鋼鐵，給他們扭了一下，亦得變形。

事實上，他們在九歲的時候，就能空手扭斷一雙野牛的角。

他們長大後，扭的都是人頭和脖子，一扭就斷！

他們現在要扭的是武林中三個以指功最著名的人！

這一戰將是武林中擒拿界著名的一戰。

這一戰很快便有了結果。

八　天下第九流

石桌非常寬敞。

雷鋒、左丘道亭、項釋儒三個人都沒有站起來。

他們就這樣坐著應戰。

他們的一雙手，各找到了六隻手，以一敵六。

六隻手，儘管攻襲、扣拿、壓殺、封制，但一雙手穩然應付。

他們始終沒站起來過。

但勝負已分。

跟左丘道亭對敵的那三人，三人的手指，一人被捏碎，一人被震碎，一人被挾碎。

沒有了手指，那三人的手幾乎就等於沒有了手。

跟雷鋒交戰的三隻手，全被震得手脫臼、肘脫節，手指變形。

這三人更慘，連手臂都不復完整。

與項釋儒交手的那三人最幸運，但敗得也最爲巧妙。

他們三雙六隻手，都交叉在一起，交纏在一起，交揉在一起，竟被項釋儒以高妙的擒拿手法，將他們的手，互相「綁」在一起，而掙脫不出來。項釋儒曾對「暗殺天魔」一念之仁，而失去三根手指，但他此刻居然以剩下的七根手指，制住了三十隻手指的手。

三人勝了。

他們三人坐著勝了這一仗。

甚至連桌面上的棋局都未曾亂。

燕狂徒大笑道：「天下第九流，果然是武功第九流！名不虛傳！名不虛傳！」

說著一掌掃出去，將九人都掃落懸崖去，然後側首向蕭秋水笑道：

「怎麼？這裡面沒你的朋友了罷？」

項釋儒、雷鋒、左丘道亭三人臉上，變了臉色！

因爲燕狂徒這毫不在意的一掃，竟一掃掃走了九個人，這九人雖然敗在三人手裡，但畢竟是三人合擊，才能挫之，燕狂徒卻一掃似掃垃圾一般輕而易舉的解決了九個人！

而且掌風只掃走九人，就連左丘道亭、項釋儒、雷鋒的衣袂都未曾催動一下。

——這是何等蓋世神功！

雷鋒、項釋儒、左丘道亭心裡同時都有一個想法：

幸好不是與此人爲敵！

蕭秋水上前拜揖道：「在下蕭秋水，拜見三位前輩。」

左丘道亭笑道：「足下能從『八陣圖』闖得上來，就已不是什麼後輩，我們就因沒能力闖得下去，所以只有替朱大天王做事的份兒。」

雷鋒接道：「現在我們已不想闖出去了，而是要闖進去。」

項釋儒道：「少俠武功已比我們三個老頭子高，不要叫我們做前輩了罷。」

蕭秋水恭聲道：「在下稱三位爲前輩，由衷尊仰，三位造福武林，替天行道，在下理當這樣稱呼三位前輩。」

三人還要推辭，燕狂徒在蕭秋水背上叫道：「你們還客套什麼？還不去找朱大天王去！」

蕭秋水省起道：「是了，這兒還要前輩指引。這次來攻，得三位強助，何愁事有不成！」

項釋儒笑道：「少俠客氣了，這兒我們上上下下，已摸得一清二楚，打先鋒沒有本事，但帶路還自信不致有失。」

雷鋒嘀咕道：「就是因爲打不過，所以才被人強留下來。」

左丘道亭道：「朱大天王的人，十去其九，而今只剩杭八等幾人，不足以畏敵。」

燕狂徒大笑道：「瞧氣象便已覷出，朱順水氣勢弱矣。第一關就用毒，哪是大氣魄的手腕!?第二關居然仗了諸葛孔明的餘威，欺我們不懂水性，結果也不是去其首腦而一軍盡沒！第三關根本就起內鬨，如不是內部極弱，朱順水又何致在這把穩咽喉的一關上用不能完全信任的人？」

這時左丘道亭、項釋儒、雷鋒三人已領先而行，天急雲湧，漸在翻雲覆雨後，雲朵又似凝結了一般，慢慢飄下雪來。

這時朱大天王的大寨已在望了。

一面白色大旗，上書紅色大「朱」字，在殘雲淒風中捲摺不已。

大寨立有褐色木柱，結紮帳蓬，綿延數里，氣派非凡：

但寨裡沒有人。

人都撤走了？

項釋儒、雷鋒、左丘道亭三人帶燕狂徒和蕭秋水，往最大的一所白色帳篷掠去。

這白色的帳篷極大，大得就似裡面住著五萬個人。

他們開始看見了人。

兩個人，一左一右，立在帳篷前。

兩個老人。

這兩個人，只要一看他們的樣子，便可以知道，他們把這帳篷當作他們的生命，無論如何，也不會棄它而去的。

蕭秋水認識這兩個人。

斷了一臂的是騰雷劍叟，另一人便是斷門劍叟。

朱大天王麾下「五劍」僅存的兩個老人。

蕭秋水心中，不禁閃過一陣惻然。

燕狂徒俯下臉來望望，嗜聲道：「唉，又是不忍殺了，是不是？」

「五劍叟」跟蕭秋水在廣東共患難過，蕭秋水是個念舊之人，又怎捨得痛下殺手？

燕狂徒道：「罷罷，不過遇著朱大天王的時候，可輪不到你阻止。」

蕭秋水本就答應過燕狂徒，何況他對燕狂徒的武功，本就很放心，燕狂徒雖一雙腳不能動彈，但憑一雙手，要制朱順水還是十拿九穩的。

項釋儒道：「這帳便是朱大天王的大本營。」

燕狂徒問：「朱順水在帳中？」

左丘道亭道：「朱大天王絕少出大寨來。」

燕狂徒道：「那好，我們進去吧。」

想到就有一場武林中最轟動，而且足以改變江湖命運的決戰，連歷險如常事的蕭秋水，心跳也不禁加快起來。

他們要走進去，但兩老拔出了劍。

在雪花飛飄下，兩人衣上、襟上、唇上、眉上、鬢上、髮上，全皆花白一片。

兩人枯瘦的手指微抖。

蕭秋水不禁道：「兩位，這又何苦……」

斷門劍叟道：「不是何苦，這是我們兩個老頭子活著到現在，一生守著的東西，這次就算是最後一次，我們也要守。」

騰雷劍叟道：「不管這個主子好不好，但終究是我們的主子，江湖上的英雄好漢，容不了兩個臨陣退縮的老人！蕭少俠，你的大恩大德，就此謝過了，請出手吧！」

左丘道亭忽然上前一步，道：「這兩老不是壞人！若蕭少俠想留二人性命，何不交給我和項兄？」

──左丘道亭和項釋儒都是擒拿手裡的好手，要擒人而不殺，由他們出手，是最容易不過的了。

──但不是雷鋒。「鷹爪手」雷鋒，練的是開碑手、碎筋手，連鋼鐵教他拿了，也變麵團。

燕狂徒怪道：「這小大俠婆婆媽媽的，一味婦人之仁，你們就瞧著辦吧。」說著催動蕭秋水行向營帳去，蕭秋水稍稍遲疑了一下，雷鋒「霹靂」一叱，大步踏入帳篷裡去！

斷門、騰雷兩劍叟也立即出手！

項釋儒、左丘道亭兩人也立時迎了上去。

蕭秋水長歎一聲，也跟著雷鋒，入了帳幕去。

外面有風雪，裡面也有風雪。

這可容納數萬軍士的大營帳，竟空敞敞的，沒有人，只有一張長桌，從這頭，到那頭，而這營帳裡，居然是沒有頂的。

人，還是有的。

只有一個。

鐵衣清瞿的老叟。

正是擂臺戰場下所遇的：

朱順水！

蕭秋水自出江湖第一役起，甚至他武功最微不足道，聲望最藉藉無聞的時候，都想能有一日，親身面對這個人。

這個「水上龍王，天上人王；上天入地，唯我是王」的人。

而今真的面對了。

那桌子那麼長，桌子的一端，是那瘦小的老人；老人的後面，是一扇屏風，屏風黑得發亮，上鏤刻有一隻欲飛的金龍。

當他真正面對到這叱吒風雲、威名赫赫的老人時，卻感到一陣無限的枯寂，就像那隱透寒意的孤冰絕雪一般，在這看起來是能安身立命的營帳其實卻一樣是全沒遮攔的地方。

那黑衣老人，袖口上、衣襟上，都繡著熠熠金線，由於人是坐著，所以看不全他衣上繡的是什麼，但隱約可見繡的是一條龍。

蕭秋水忽然有一股激動，忍不住說了一句：「朱順水，你還是降了罷。」

朱順水搖頭。他背貼屏風而坐，似乎只有靠著屏風，他才有信心。

雷鋒大步行了過去，用他如雷一般的聲音道：

「朱順水，今日不是你死，就是我亡。」

朱順水靜靜地道：

「那你去死吧！」

他說這句話的時候，猝然出了手！

他的長桌，突然被推了出去，攔腰直撞雷鋒！

這張長桌，竟然就是他的武器！

長桌光滑油亮，是用大理石研磨而成的。

朱順水手一動，長形桌沿，飛切雷鋒！

雷鋒不怕，他的雙手足以開碑碎石，一把按住了石桌！

燕狂徒和蕭秋水，見朱順水出手，本都想出手救助，但見雷鋒按下了桌面，才都放了心。

可是他們錯了。

朱順水既以石桌作爲武器，這武器就絕不是「鷹爪王」一把可以按得下的。

桌子是按下去了，但桌沿「崩」地彈出一張利刃出來，刃鋒自桌沿而出，切入雷鋒腰間。

這時蕭秋水和燕狂徒想要出手，已來不及了。

雷鋒睜大雙睜，露出牙齒，雙手緊抓住桌面，桌面委實太滑不溜丟，雷鋒的十指便在桌面上劃出令人牙酸的「吱吱」之聲，終於戛然而止——

——雷鋒轟然倒下。

蕭秋水垂頭，看著雷鋒跌落的身軀，再抬頭時，盯向朱順水，那兩雙眼神猶如在半空發出了冷電一般的星花。

忽然「颼」地一聲，蕭秋水的膊頭一輕。

燕狂徒輕輕在蕭秋水膊頭上一按，身子冉冉升起，端然落在石桌上，就似一張紙落下一般輕。

然後燕狂徒道：「現在我就坐在你的桌子上，你有本事，就出盡你的法寶，向我身上使來。」

挑戰。

朱順水曾眼見過燕狂徒在當陽時大展神威，他現在孑身一人，有沒有勇氣接受這樣的挑戰？

就在這時，兩個人扣住了兩個人，闖進帳裡來。

當然是左丘道亭和項釋儒扣住斷門劍叟和騰雷劍叟。

項釋儒和左丘道亭一見地上橫死的雷鋒，兩人悲嘶一聲，信手疾點，封了兩劍叟身上的穴道，就奮然撲向朱順水去！

長桌很長，地方很大，但是項釋儒和左丘道亭各分左右，閃電一般已到了朱順水身邊，左右出擊，一拿朱順水左臂，一扣朱順水右肩。

燕狂徒知朱順水已蓄勢待發，項釋儒和左丘道亭趕過去，猶如送死，當下大喝道：

「回來！」

左丘道亭、項釋儒眼見摯友雷鋒已死，怎有不悲痛若狂之理？如何肯聽燕狂徒喝停了！當下二人已出手向朱順水！

朱順水大喝一聲，左右出爪。

左手「鷹爪」，右手「虎爪」。

這只是極簡單的招式。

項釋儒和左丘道亭這等第一流的擒拿好手，對這樣的招式，簡直閉著眼都會拆搭，所以兩人一齊出手，已搭住朱順水的左右雙手。

但是兩人四臂剛扣住朱順水的雙手，就發出一陣「格勒勒」的聲音。

兩人手骨全折。

這時燕狂徒已發動了！

——朱順水這匹夫居然當著他的前面傷人!?

想燕狂徒是什麼人！他怎能允許朱順水在他面前逞威風！當下身形平飛直越至桌面的那一端，兩掌一收，正待擊出——未擊出前已引起掌風凌厲猛勁地「砰砰」兩聲！

朱順水重創二人，見燕狂徒雙肘一收，正要出掌，便待以雙手封架！

他反擊已來不及，但封鎖這兩掌，總是可以的。

但是燕狂徒才一縮肘，已發出掌風，根本不用擊出，掌勁已及胸！

高手比招，往往一招見勝負！

朱順水大喝一聲，身子向椅靠一壓，向後翻去！

就在他身子往後疾翻的同時，他已中了兩掌在胸前！

但是他這一下後仰，等於把所中的掌力，卸了大半！

他倒翻出去，撞在黑屏風上！

燕狂徒正要追殺，但那翹起的凳底，猝然暴射出一蓬毒針！

燕狂徒怒喝。

他的人，遇強愈強，而且愈是憤怒，武功愈高，他不要命的打法，曾經將所有的武林高手震住嚇退，而給公認爲是天下第一高手！

他憑一口真氣，直掠了過去！

毒針是用機括射出來的，射力之強，已到了每一根細微的針，皆可以穿人體內而過的力道！

燕狂徒用手往石桌一拍，這雷鋒裂不開的石桌立時四分五裂。

他的人撲去，掠起一陣急風，毒針紛紛逼落，根本射不到燕狂徒的胸膛上。

若朱順水以蹺凳發射毒針，以期將燕狂徒阻得一阻，那他就大錯特錯了。

燕狂徒全不受阻。

他去勢反而更急。

朱順水才剛剛撞在屏風上，血氣翻騰，臉色赤金，燕狂徒就到了。

他剛才的兩掌，這才推了出去！

朱順水目眥欲裂，居然叫了聲：「救——」他未喊下去前，「砰砰」胸前同一部位又捱了兩掌。

朱順水的「命」字變成了血水，噴了出來，成爲一團血霧！

人皆有求生本能，朱順水尤其強烈。

他雙腳在此時，居然仍能踢出，疾踢向燕狂徒的小腹去！

燕狂徒若有雙腿，自然一出腳就可以封架住，但燕狂徒的腿不靈便。

這連旁觀的蕭秋水都吃了一大驚，正想要出手相助，但燕狂徒的雙手，說多快便多快，一連擊中朱順水四掌後，居然仍能閃電般下扣，抓住朱順水一雙腿脛！

這時朱順水可以說已一敗塗地，全無生機了！

就在燕狂徒全力搏殺朱順水，低首擒抓住朱順水一雙飛腿之際，那鏤鑴金龍的黑屏風，驟然碎了！

有兩隻手，裂屏風而出！

這手比常人粗大一倍有餘，平凡，無奇的招式，卻似鐵鑴一般的手！

一隻手掌！一隻拳頭！卻不偏不倚地，拳頭打在燕狂徒的臉門上，手掌印在燕狂徒的胸膛上。

九　朱大天王

屏風後面居然還有人！

這寬敞的營帳裡，不止朱順水一人！

這人在出來之前，已一掌一拳，打倒了燕狂徒！

他是誰？

燕狂徒崩潰了。

他所有的內傷外傷，一齊復發。

那一掌一拳，比三十把鐵錘鐵鑿，還要可怕！

那人的一拳一掌，擊毀了燕狂徒的一生功力！

這麼可怕的一個人，他，究竟是誰？

燕狂徒拚盡全身最後一分力，要將朱順水撕爲兩片！

但蕭秋水立時將燕狂徒護走。

這時他已沒辦法再守約，也不能再不出手了。

那人已一步一步，自屏風內行出來，那沈甸甸的腳步聲，猶如一個鐵的人踱出來。

這個人布思如此周密，以三關聲勢之弱來造成這一伏擊之命中無誤，他，究竟是誰人？

任何奧祕，都有謎底；任何問題，都有答案。

幕起，上場的人就要現身。

無論多重要的角色，到非現身不可的時候，無論多神祕，還是要現身；否則就不是重要角色了。

一直等到幕落的時候……

屏風旁，出現了半張臉，半張臉就比別人一張臉大。

然後又出現了半邊身子，半邊身子也比別人整個身子壯。

然後是手，然後是腳……

這人終於出現了。

鐵一般的衣服。

鐵鑄一樣的雙手。

鐵鏤一般的臉容，繃緊無一絲笑容。

鐵塔一樣雄壯的人。

蕭秋水幾乎是呻吟般的叫出了一聲：

「朱俠武……」

那人用鐵一般無情的聲音說：「我是朱俠武。朱俠武才是朱大天王。」

一剎那間，蕭秋水完全明白了。明白了爲何朱大天王始終能掌握浣花劍廬和權力幫的戰況，爲何朱俠武跟左常生之役裡假裝拚得個兩敗俱傷，明白了他家人爲何能逃過「權力幫」的圍剿但卻逃不過朱大天王的魔爪……因爲朱俠武就是朱大天王！

——父親居然引狼入室請了朱俠武來助守浣花劍廬！

朱俠武之所以遲遲未發動，爲的不過是「天下英雄令」，但父母親一定瞧出了些什麼，才將「天下英雄令」藏在飛簷上，引致朱大天王因無所獲而痛下殺手……想到這裡，蕭秋水的胸膛就激烈地起伏起來。

——朱俠武既是「朱大天王」，左常生就一定是朱大天王的人，他們倆的一場兩敗俱傷，早就預謀好了的！

——這狼心狗肺的東西！

——難怪一個當陽擂臺比武，就出動到朱順水出面。他原來只是朱大天王派去奪「天下英雄令」的幌子而已！

朱，俠，武!!!

朱俠武向燕狂徒睨了一眼，冷冷地道：「楚狂人，你已完了。」

燕狂徒喘息，不能作答，朱俠武獰笑道：「燕狂徒，就算你強運功療傷，也沒有用了，我在武夷山之役，便在一旁覷出你破綻之所在，只是那時以我的武功，攻不倒你，這些年來，我就把實力留在這一擊上，你的武功卻退步了……打敗了你，我就是天下第一高手了！」

燕狂徒道：「你的一拳一掌，確是打在我的罩門上……我是完了，不過你也給我內力反震，一雙手已不能靈活出擊……秋水，還不快去把此惡除了！」

朱俠武道：「多年來，你、我、李沉舟，鼎足三分天下，除了武當、少林等較討厭難纏的門派外，武林中足有誰與我們爭雄？而今三人之中，武功最高的你又讓我放倒……現在只等一個李沉舟了。……憑這小子，出道還早，哪裡是我的對手，我讓他一雙手卻又何妨！」

蕭秋水上前一步，戟指大聲道：「朱俠武，你專施奸計暗算，卑鄙無恥！」

朱俠武大笑道：「什麼卑鄙？什麼無恥？勝者為王，敗者為寇，要贏，總要動動腦筋，這又有什麼可說的！」

左丘道亭滿手是血，顫指著地上奄奄一息的朱順水，又指著朱俠武，顫聲道：「你……你才是……朱大天王……那……他……」

朱俠武哈哈笑道：「他只是我傀儡，他是人前人後皆以為是徒具虛名的『朱大天王』：而我就是幕後策動，真正執掌實權的『朱大天王』！」

項釋儒痛苦地道：「朱俠武，我聽聞你為保護岳太夫人，而在浣花劍廬前為『一洞神魔』所傷，沒料你……竟然就是朱大天王！」

朱俠武大笑三聲，每笑一聲，如雷一震：「我曾立下毒誓，若不能成天下第一人，便不露原來身份！只要在謀得大權後，就算惡事作盡，則天下又有何人敢有微詞!?」

燕狂徒強忍痛楚，道：「滿口胡柴！豬狗不如，哪配稱人?」

朱俠武臉色一變，大步行向燕狂徒，冷如硬鐵地道：「燕狂徒，你這是找死……」

忽聽一人大喝道：「站住！」

朱俠武很想繼續向前走，並動手殺了燕狂徒，可是這一下喝聲，卻凜然有威，連朱大天王如此堅強的人，也不得不停下來——

喝叱的人是蕭秋水。

朱俠武高蕭秋水足有一個頭，這個銅澆鐵鑄一般的人，竟爲蕭秋水的氣勢而慑住。

——彷彿朱俠武是臣，而蕭秋水是王。

蕭秋水一步一步地走過去，亮出他的古劍「長歌」。

這時朱俠武的心裡亂成一片。這年紀輕輕的人，就像是他的主宰一般，亮劍向他走來，而他自己卻死有餘辜……爲什麼會有這種想法呢？他因及時省悟了這點而急了起來，可是毋論怎麼急手腳都似有千鈞鉛鐵一般，舉不起來。

朱大天王當然不致於怕了或服了蕭秋水。但不知道這是一種極上乘的武功，便是「忘情天書」中的「君子」一訣。

蕭秋水舉劍齊眉，容莊神凝，劍尖凝在半空，遙指朱俠武。

——這是「王者之劍」的劍勢。

朱俠武想一直告訴自己：動手、動手啊！避開、閃開呀！可是手足偏生不聽話，腦子裡也昏昏沈沈起來。這時蕭秋水的劍已如箭在弦上。

就在這時，一人闖了進來，叫了一聲：

「義父！」

叫喚的人是「鐵龜」杭八，他恰好在此際闖了進來。他埋伏在山後，準備朱大天王殺退這些人時，再來個前後夾擊，殺個精光，卻見眾人進帳已久，毫無動靜，便進去探頭一看，見蕭秋水劍指朱大天王，朱大天王卻毫無準備的樣子，所以便叫了一聲。

由於他才剛進來，蕭秋水的「君子」劍勢之始，他全未看到，因他武功低微，反而沒有制礙，這一叫，朱大天王立時醒了！

蕭秋水那驚天動地的一劍，也立時加快，疾地刺了出去！

朱大天王立即撒網。

他的鐵網捲住了長劍。

「君王一劍」雖然大無畏、無可拒，但是鐵網如山，罩住了劍鋒。

朱俠武用力一扯，他自信以他渾厚的內力，不但能把蕭秋水扯過來，而且足可以把蕭秋水裂爲兩爿！

但他不知道這年輕人最強的也是內力。

朱大天王奮力一扯，並未能將蕭秋水扯過來。

蕭秋水如大樹一般穩如山嶽。

朱大天王正想再扯，但他的雙手隱隱發痛。

他擊中了燕狂徒一掌，但是燕狂徒佈於臉上、胸膛的內力，也反擊得他雙臂有七條筋絡受傷，兩條筋絡折斷！

所以他一扯未動，再扯力便衰，蕭秋水已抽回寶劍。

高手相搏，又怎容得對方稍有緩遲？

蕭秋水全身化作一片劍光。

只見他愈舞愈急，舞到最後，漫天風雪，都似一條無形的風線，串連在一起，而蕭秋水成爲那旋風的中心，那千百朵雪花飛舞，舒捲住人影，——然而那一劍始終未出！

朱俠武只覺有一股強大的壓力，鋪天蓋地的湧壓而來，他額上隱然有汗——他現在才知道，他以爲這可輕易解決的青年人，有著多麼可怕的實力！

——而他雙手仍在麻痺之中！

他絕未料到打倒燕狂徒後，卻還遇上這等強敵！

這一下先聲盡失，氣已餒了。

而且他從來未見過這種武功，竟然把風雪吸舞成了他的劍招。

他當然不知道蕭秋水使的就是「忘情天書」十五訣中的「風流」訣。

蕭秋水這一劍就是「風雪之劍」！

「風雪之劍」，終於出手！

就在這時，那偌大的帳篷，似抵受不住狂風怒雪，轟然坍倒。

朱俠武頂著大帳篷就是一捲，罩向「風雪之劍」！

他手中的鐵網，變成了這面宛似能罩天捲地的大帳，朱大天王的神威，還是不可攫奪的。

朱俠武就像一個天神，舒捲著一張能擁天抱地的大網，要將蕭秋水包起來扔出去！

但是天地無情，卻遮不住漫天風雪！

眼看蕭秋水不見了，被帳篷裹住了，但又驟然間，天地間發出「絲絲」裂帛之聲，蕭秋水的長劍已劃破布篷而出！

劍光寒。

劍光映雪。

遠處山意朦朧、遠水浩渺，山寨猶被白雪鋪霜，但天地寂寂，朱大天王已不見。

朱俠武已走。

只留下重創的項釋儒，左丘道亭和燕狂徒倒在地上，就連朱順水，也不見了，在蕭秋水力戰朱大天王時，杭八已將朱順水救走。

蕭秋水居然將雄霸武林、威震中原的朱大天王打跑了。

朱大天王決定要走，有三個原因：

一、他一上來就輕敵，所以盡落下風，不走可能自討沒趣。

二、他的雙手受傷在先，若再打下去，武功打了個折扣，不一定是蕭秋水之敵。

三、他完全摸不清蕭秋水的武功。朱俠武要出手時，早已把對方武功家底、招數背景，摸得一清二楚，不到九成的把握，絕不出手的。

就是這對付燕狂徒的一拳一掌，也花了二十餘年的時間研究、觀察、精研，一直到今天，佈好了局，設計好圈套，有了八分的把握，才敢出手。

他一直以爲蕭秋水只是浣花劍派的一名劍手，沒多大能耐，就算後來蕭秋水名鵲一時，連殺他要將多人，他一直是以爲這年青人是得「無極先丹」之助，以及八大高手的傳授。

這些，他自信自己還可以輕易應付得了。

他一直不知道蕭秋水的武功，竟是那麼高深莫測的。

因爲他不知道蕭秋水已學得了「忘情天書」。

朱俠武是穩重的人，反正他可以斷論燕狂徒已死定了，目的已達，縱犧牲一個山寨，也是值得的，所以他立刻撤退。

——等摸透了蕭秋水的底子，再來跟他決一死戰！

「別管我們，快追！」

燕狂徒如此喝了兩聲，一口鮮血似箭般吐了出來。

也因爲燕狂徒的吐血，使蕭秋水反而決定了折回來。

燕狂徒這時已奄奄一息，他歷盡傷殘，歷遍數次盤腸大戰，到了今日，終於日暮崦嵫，無法再承受得起朱大天王處心積慮，又沈猛至斯的一擊。

他此刻已五臟離位，只憑聽覺辨識，雙目已不能視物。蕭秋水扶起了他，覺得他不再是那叱吒風雲的大魔頭，反而是一位可憐的老頭兒而已。

他心頭一惻，只覺燕狂徒的身子微微發著抖，他才驚覺到風雪那麼大，這老人就趴在雪地上：像蕭秋水自己有一身武藝，當不覺寒冷，但對於一個功力全被擊散，命在垂危的老人來說，就不是這麼一回事了……

他掌力一催，將一般暖流，直送到燕狂徒體內去。

燕狂徒緊咬的牙關，終於能說話了：

燕狂徒第一句就說：

「你沒想到我不可一世的燕狂徒是這般下場罷？」

蕭秋水無言。他年少的時候，有過各類幻想；燕狂徒已成爲神話一般的人物，他萬未想到居然能在這兒爲燕狂徒禦敵療傷。

燕狂徒見他沒有作答，逕自道：「其實我早已想過了。無論你多有名，多厲害，到頭來不過是白骨一副、土一坏！」

燕狂徒又問：「你可知道我爲什麼要來這裡，殺朱大天王？又爲什麼要先赴臨安，阻止岳飛入京？更爲什麼多管閒事，要促使少林、武當交換武功？」

蕭秋水黯然垂淚道：「因前輩關念天下安危……」

燕狂徒打斷道：「你要這樣想，也無不可，只是我的心裡，還有一件祕密，說穿了，就是要作這三件事連在一起的私心。」

蕭秋水這可不瞭解了。燕狂徒慘笑道：「這一切都是爲了李沉舟。」

蕭秋水茫然不解：「爲了李沉舟？」

燕狂徒點頭道：「因爲李沉舟不姓李！」

蕭秋水更懵然了：「不姓李？」

燕狂徒又慘笑起來，血水自他迸裂的臉容溢出，他說：

「李沉舟不姓李，姓燕，燕狂徒的『燕』！」

「他就是我的兒子，我唯一的兒子！」

在這一刹那間，蕭秋水的表情就似生吞了十粒連殼雞蛋一般不可思議。

燕狂徒道：「你可以驚訝，但你不可以不信：因爲這是實情。」

蕭秋水不敢置信地望向燕狂徒。只見燕狂徒被打得四分五裂的臉上艱難地道：

「不但你不相信，連李沉舟自己也無法置信。」

蕭秋水詫聲問：「連……連李沉舟也不知道？」

燕狂徒道：「要是他知道，又怎會率領他的兄弟，推翻了我，把我趕了下來？若他不是我的兒子，憑他當時的修爲，以及我那時的武功，要殺他，絕對是易如反掌的事。」

「權力幫」原本爲燕狂徒所創，蕭秋水早在數年前已聽人說過了，但燕狂徒原來有意讓李沉舟得逞，這事委實太令人難以置信。

燕狂徒道：「我一直要你陪著我來，便是怕萬一有個不測，還有個你，把這些話告訴給李沉舟聽。這是武林中的一個祕密，除我以外，沒人知道。」

蕭秋水暗中運氣一催，就將真力，源源送入燕狂徒體內，道：「不會的，燕前輩，以您的功力，只要調養，便會好的。」

燕狂徒道：「能不能好，你我心知肚明，我們是男子漢、大丈夫，生有何歡？死有何懼？你不必瞞我。」

蕭秋水低頭道：「是。」

燕狂徒又說：「我本來帶你來，是希望你作個見證，而不要動手，只要將這件祕密，帶回去告訴沉舟便了……豈知我這般不濟，反而要你相救，逐走了朱大天王，才能保住一口氣，說得這些話……」

燕狂徒苦笑一下，又說：「說也奇怪，我生平天不怕、地不怕，什麼死劫險難，不是這般挺著過來，也不見得有什麼禁忌得了我……只是這次出擊前，總有些陰影，怕這件事從此沒人知道了——我畢竟是他爹，他畢竟是我兒子啊——所以便要帶一個武功不錯，又必須不是朱大天王或沉舟的人，而又不當我是老邪怪的人來作見證，這便選中了你……」

蕭秋水不禁問道：「你……你爲何不將真相告訴李……沉舟呢？」

燕狂徒道：「因爲我不是一個好父親。我生性狂羈，怎能有家室之累？自從他媽媽死後，我的武功，已修習至巔峰，若有旁騖，很容易走火入魔，所以由得他自生自滅，只把一些基本上的武功授了他，沒料他天悟過人，不但能得我真傳，還能推陳出新，自創一格，他更善用人、組織，與其他名派高手，串連來伏殺我。……其實這樣也好，他不知道，也就罷了。『權力幫』在我手上，組織散亂，良莠不齊，都是些游兵散勇，能成得了什麼事？……由他接掌，果爾不多久，便成『天下第一大幫』了……」

蕭秋水猶疑地道：「前輩是……要我通知李……燕沉舟您是他爹爹……？」

燕狂徒又咯了一口血，喘息道：「你的話，說一不二，沉舟會相信你的，就算敵人，也信你的話……也爲了此點，我才選了要你來。」

蕭秋水狐疑地道：「我這般說，他便會相信麼？」

燕狂徒道：「他若不信，告訴他，他右腳足底有紅痣三顆，他自會相信；」燕狂徒說著，長歎一聲：

「那時他娘還在，他還小，我還有閒心替他洗澡；他的痣若生在左足底，再加四顆，只怕早就當上了皇帝了。」說著，內息陡急，一口氣幾喘不過來。

蕭秋水忙道：「前輩，您先歇歇再說……」

燕狂徒瞑目歎道：「歇不了，歇不得，一歇便沒了……你也省省力氣，不必將真氣灌輸給我了。任令多大的英雄，也免不了一死，你又何必戡不破呢。」他稍微頓了一下，積聚精力又道：

「沉舟是我的兒子，待我重傷復原後，便想到要爲他做些事兒，所以才奪取『天下英雄令』。……他這個人，心高氣傲，而且本領也蠻不錯，若無端爲他做事，他反而會不悅，所以我想替他殺了朱大天王。」

燕狂徒稍停一下，接著道：「你一定不明白何以我要殺朱大天王的了？」蕭秋水點頭，但不希望燕狂徒多說，而希望他多休息，燕狂徒卻道：

「其實很簡單，沉舟對朱大天王過於輕敵。他生平自以爲從不藐視過敵手，其實則不然，一個人自負之處往往其實就是他最大的致命傷。沉舟雖不看低人，但他把朱大天王也看得如一般人的『高估』，但這還是『低估』了朱大天王的份量。你看朱俠武有名他不要，幾十年來明裡寧願做個小捕頭，暗裡是長江七十二水道三十六分舵的幕後主持人，如此隱忍多年，所謀者大，不可不慎。」

蕭秋水動容道：「那麼朱大天王謀的是什麼？」

燕狂徒又咯出了一口血，喘息道：「小則是領袖武林，大至於君臨天下！」

蕭秋水變色道：「難道他又想當個『兒皇帝』!?」

燕狂徒道：「這又有何不可!?他跟秦檜一朝一野，狼狽爲奸，跟金人又有勾結，甚至跟韃子也互通聲息，要當個『傀儡皇帝』，也沒什麼希奇的。」

蕭秋水有些恍悟了：「那前輩上少林、武當……」

燕狂徒道：「正因發現了朱大天王的陰謀非同小可，而且這人武功也防不勝防——你瞧，連我都著了他的道兒了——便要少林、武當好好把正義的力量維持下去，至少武林還有抗拒朱大天王的實力，好教沉舟不致於孤掌難鳴。」

蕭秋水歎道：「前輩真是一番苦心，李幫主他真應該知曉……」

燕狂徒道：「當年是我對不住他，也對不住他娘，我只顧練功，狂熱追求功名，哪曾關照過他母子倆?現在他的拜弟柳五已死，對付朱大天王，可說又少了個得力人手了。」

蕭秋水道：「前輩別耽心，李幫主夫婦待我也不錯，只要他不將『權力幫』變本加厲，胡作非爲，我倒可鼎力相助……」

燕徒狂似有難言之隱：「有你相幫，自然是好，不過……」

蕭秋水鮮少見這武林大豪，有吞吐之言，不禁追問道：「不過什麼？」

燕狂徒道：「沉舟的個性，我是知道的，他爲達到目的，不惜不擇手段，我雖狂誕不羈，快意恩仇，平生無過無悔，但他比我更狠！你瞧他將我掀下『權力幫』來，便可見他的敢作敢爲！但是民族大節，不可敗壞……」

蕭秋水眉心一緊，問：「什麼大節？」

燕狂徒唏噓道：「朱大天王賣國求榮，又害忠良，是爲不恥；沉舟當不致如此！但他會認爲岳元帥若被捕殺，可以造成他叛軍的勢力，所以一定會阻止武林同道去援岳飛，如此便是失了大節……一方面是爲了岳元帥忠義過人，一方面是怕舟兒日後被人誣爲殘害忠良之輩，所以我第一件事，便是攔阻岳飛返京，以免岳元帥被害，以免造成沉舟的一念之差的局面。可是我在關帝廟，聽了岳元帥的一番話，我自慚小人心胸，勸也無益，只好希望岳元帥的命福兩大，且看舟兒一念之間成仁取義的造化還是造孽了。」

蕭秋水呆了半晌，喃喃地重覆道：「李沉舟……燕沉舟……燕沉舟……李沉舟……」

燕狂徒艱難地道：「他娘姓李。他以爲自己自小沒了父親，所以跟他娘姓李。」

忽又一笑道：

「我死後……武林中三大支柱，便是沉舟……朱大天王……和你……」

蕭秋水少時確有想過成爲天下第一人，或武林中舉足輕重的人物之夢想，而今一旦聽得這一代宗主說出來的話，卻有一陣莫名的慟哀。

他說：「我看燕……幫主，矢志抗金，不會在大節關頭，變了節操。」

燕狂徒臉上又有一抹苦澀的笑意：「他是不會。但他跟我一樣……對某些東西，還是放不開的。……他知道岳元帥死後，很容易會激發起一股力量，他先用來推翻當今王帝，再用來作抗金的金錢……」

蕭秋水喟道：「這也不能說他是錯的……但是宋室覆亡後，又以何名目抗金？岳元帥死後，天下又有何人義勇抗金？」

燕狂徒慘笑道：「便是如此。……我……我所能爲他做的事，都已做了……可惜未能真箇將朱大天王殺了……可惜……可惜未能將朱大天王殺了……」

這一代狂豪，就這樣氣絕而逝。他臨死的時候，將一樣事物交給了蕭秋水，那便是「天下英雄令」。天上的雪又飄飄進了來，一朵一朵罩在他的鬚眉上，宛似一朵是怒，一朵是怨……

一九八〇年八月十六日
基隆仙洞巖遊後二天
校訂於一九九三年十月二十至廿
六日
SW濫用RD事令我等震訝傷愁
／宴請電池姊姊、方睡覺、山楂
餅、引掣哥哥、何牟尼「大閘蟹
會蛇羹聚」／配二新眼鏡／對感
情二挫全然絕望／報刊「棍」加
倍篇幅／「風采」刊出我相、文
／同門干戈、師徒相殘何其慘哉
／出版敦煌「落花劍影」／再登
記商業註冊／金卡可用／與康、
賴齊申請簽證

第三齣　雪止

十 大理獄風雲

臨安府大理獄的牆頭上，忽有一事物一閃而過，幾個戍卒以爲眼花，定睛看去時，卻什麼也沒有，好生納悶。

他們卻都一齊看見了，輪廓雖彎像個人影，但人卻不可能有那麼快的速度，所以議論紛紛起來：

「咦，是什麼東西!?」

「敢情是個人……」

「你奶奶的，老夏，別是昨天泡妞泡花了眼你，人可以在咱『大理獄』中來去自如麼!?」

「不是人，那難道是神仙……」

「不是神仙，是狐仙！」

「狐仙……？」

「是晚上你一個人被窩裡涼涼兒時鑽了進來的狐仙兒呀。老莊！哈哈哈……」

「哦！……哈哈哈……」那戍卒也恍悟「狐仙」的意思，陰陰地笑作一團。

他們卻不知道在這幾句談笑間，那「狐仙」已連飛越過「大理獄」的十三個關卡，抵達了大理獄的要犯重地，藏身匿伏在屋頂陰影中，準備全力一搏。

他們當然不知道。

這人當然不是狐仙。

這人也不是誰，卻是蕭秋水。

蕭秋水自瞿塘峽返，將「第一擒拿手」項釋儒與「插翅難飛」左丘道亭救了出來，並助兩人將折斷的手骨駁上，這之後，蕭秋水就決意闖臨安府大理牢。

牢中有岳飛！

爲救將軍，義不容辭！

蕭秋水此刻手心冒汗。

從大理牢入門一直闖到此處，已經歷十三道重鬧險地，但都不足以攔阻他一分一毫，但是到了這裡……

他猛抬頭，這重牢的聲勢，可畏如山，可怖如魅，聳立在眼前，月光下，有他拖得長長的影子……

他知道，這兒便是近半月來，無數英雄好漢，不惜拋頭顱、灑熱血、闖進去的地方。

然而全皆伏屍在這塊曠地上！

這麼廣闊的五十丈的地方，沒有任一絲遮蔽的地方，這大牢裡的前後左右、東南西北，皆是青石板地，無一點掩蓋的事物。

任何人都不能一縱五十丈闊。

何況那獄牆足有二十來丈高。

連蕭秋水也不能。

所以他只有被人發覺。

他被發覺的同時，身影暴露在月光下。

發現他的是獄牆上的守卒。

他們發現時，只見人影一閃。

這些戍卒都是身經百戰、千中挑一的好手，而且反應絕快、殺人如麻，是心狠手辣的角色，否則也不會被遣來這兒把守「大理獄」中的「天字第一牢」了！

可是他們從人影如此迅疾的一閃中，無法斷定是不是來敵。

所以他們更聚精會神地觀察，可是那「人影」，卻在月色寒光中消失了。

他們不知道蕭秋水已施展了「忘情天書」中的「月映」法，潛至獄牆下。

然而獄牆下也有人把守。

月色照不到此地，陰沈的牆影遮斷月華；要是牆頭上的守卒能望得到，一定會發現牆下的夥伴都已穴道受制倒於地了。

蕭秋水更以「地勢」法潛入，以迅雷不及掩耳的手法擊倒了他們。

然後再以「壁虎遊牆」，躡上獄牆。

他一面潛上牆來，一面暗自盤算著如何一舉擊殺數人：這些人都是高手，若一旦示警，四面八方都有援兵，只要打起來，自己脫身都甚難，何況還打草驚蛇，以後想救岳元帥就更困難重重了……

這時只聽牆上的守兵，正在對話。

「奇怪，我剛才明明看見有個人影……」

「哪有人影，是月影罷了，這幾日來劫牢的人委實太多，咱們不免疑心生暗鬼罷了。」一人接道。

「人哪有那麼快的輕功！」一人調侃道：

另一人笑接道：「那些來劫牢的人，還不是一一死在我們的暗器下、陷阱中，像前日來的那一夥人，全給我們騙下了刀山，刺得身上噗嗤噗嗤十七八個洞透明，一身是血……昨夜來的三個，混身淋滿了沸油，給火燒死了……前七八天最大幫的一批，整百來人，不是一個一個餵了咱們的弓箭，掉進地窖去，屍體都焦爛不堪啦……哈哈哈，他們還敢來！」

「這些人可是吃了熊心豹膽，天天來劫牢，也真有不怕死的人！」另一人納悶地自語道。

蕭秋水心中暗忖：你們這班狗徒，當然不知什麼是「臨義決勇，雖死無懼」，卻使這麼多忠肝義膽的仁人俠士，喪命於此……

蕭秋水幾按捺不住，但他一念及岳飛，就硬生生壓住心頭的怒火：

——無論如何，先把將軍救出來再說！

所以他悄悄地潛入。但是這大牢裡，盡是堅硬不可摧的大理石砌製的，而進出口都只有一道閘口，更可怕的是，這大牢裡只有一個監房，座落在大牢中心，每一處都有高手把守，根本就無法混入。

蕭秋水心中猶似有一把火在燃燒著一般：大宋皇帝竟對爲他立功勳績的將軍如此輕賤，而這一整座牢的千百名武林好手，爲的只是監守一個「岳元帥」，好一個岳飛！

蕭秋水想到這裡，心頭熱血賁騰，心中立下誓願，說什麼也要見岳元帥一面，說什麼也要救他出來。

蕭秋水施「月映」、「地勢」、「風流」等法，藉著一事一物，來逃過監守高手的耳目，逐漸進入了大牢。

可知這「天字第一牢」，鎮守的都是第一流好手中的好手，縱是昔年燕狂徒親至，在這唯一通道的嚴密監視下，也一定被發覺，只是蕭秋水所學的是「忘情天書」，他正好將十五法門的與物平齊的特色發揮出來，所以直至進入了牢中的最後三層，仍未被發現。

他有時仗著守卒手中的火把搖晃，以「火延」之勢，掩人耳目，閃入牢中，有時鐵閘不能硬闖，他便以「師教」之勢，竟隨在衛隊之後，進入牢去，儼然禁軍教頭的樣子，竟讓把守的人產生一種錯覺，而未遭喝令盤問。

但到了最後三層閘門時——過了這三層，便是岳元帥囚禁之所——他便知道少不免要硬闖了。

他一看那守閘的人，便知道這些人，都是久經磨練的一流好手，而且到了最後三道閘門，鎮守的人都十分相熟，而且絕少移動更替，根本就無暇可裂、無機可趁，稍一動手，足可驚動全牢，成了前後夾攻，甕中捉鱉。

——他自己倒無所謂，怕的是失去了救岳元帥的機會！

在第三重閘口前，把守的是四個玄衣老者。這四個人紋風不動地坐在那裡，事實上，也沒有一絲風能吹得進來。這兒根本沒有人能出去，也沒有人能進來。

這四人把守在這裡，蕭秋水可以看出這四人的武功，足可令一隻蚊子都飛不進來；而這裡又無閒雜人等，連其他衛兵都沒有，根本混不進去。

——這四人無疑就是江湖中人爲之齒冷的秦檜手下四名近身護衛：「窮凶」、「極惡」、「歹毒」、「絕狠」四大高手。

蕭秋水此刻的武功，雖然高絕，但他自知尚未能在三招兩式內，制住這四人。只要這四人中任一人及時示警，要救岳元帥，可謂難上加難矣。

秦檜將自己身邊的四大護衛，遣來此處監守岳飛，無疑把岳飛看得如同自己生命一般重要：——即是岳飛不死，他自己便難以活命，所以才不惜置重兵於此地。

蕭秋水估量情勢，忽瞥見這石砌的圍牆背上，有一通氣小窗。

這小窗用鐵枝圍著，小得連頭也難以塞進去，更毋庸說身體了。但是蕭秋水卻大喜過望。「忘情天書」一十五訣其中有「土掩」一訣，這牢裡大理石堅固，無法利用，但此處因正是大牢要塞，只要那兒留著一小孔，蕭秋水就有辦法潛進去。

在這同時，十數重監獄之外，是獄監寓邸之所，屯有重兵，萬一獄中發生什麼風吹草動，便在此直接調兵，在這些官家重地之外，是一片敗垣殘瓦，後才是民房。在這些民房的其中一間，雖已是子夜時分，但依舊點著一盞明燈。

從窗口望過去，可以看見一群人，正聚精會神的凝視桌上，桌子上有一張手繪地圖，看似圍城一般，十分繁複，其中有不少處已用硃砂紅筆打了記號的。

這十幾個人，都是背負長劍，或腰纏軟劍，或手持兵器的武林中人。這些人都神色凝重，聽一個鶉衣百結的人分析地圖形勢。

這鶉衣百結的老乞丐不是誰，正是當年在長板坡擂臺下重創後影蹤杳然的丐幫幫主，「神行無影」裘無意！

而在他身旁聚精會神聽說的人，大多數是丐幫七、八袋的高手，以及武林中俠義之士，還有幾個闖蕩江湖數十年然都未知天高地厚，有情有義的人。

這些人當中，正包括了一面聽一面挖鼻孔的鐵星月、一面爭辯一面剔牙縫的邱南顧、正在打瞌睡的大肚和尚、兩隻眼睛轉來轉去打量室中人的施月、顯得兇霸霸的陳見鬼，在燈光下更顯蒼黃一片的李黑，還有搔著光頭頂的洪華——以及一點也聽不明白的胡福。

就是這一群人：

「好人」胡福、「鐵頭」洪華、「鐵釘」李黑、「閻王伸手」陳見鬼、「雜鶴」施月、大肚和尚、「鐵口」邱南顧、和「屁王」鐵星月！

這一干人聚在一起，又不知道有什麼大事要發生了！

蕭秋水躡手躡足的，不發出半聲半息地，將那鐵鑄也似的圍牆，自那一個尙不及人頭大的小孔開始，以「土掩」之法，漸漸已掘出了一個人般大的牆洞：他自己當然不須要那麼大的一個洞，但爲方便岳飛的進退，便索性將洞口掘大。

然後他自己閃了進去。

這最後二重的鐵牢，竟然沒有人把守！

——當然沒有人把守了，如果有人鎭守，自己掘洞讓光透了進來之際，還會不被發覺麼！

他所挖的地方在窗口之下，而窗口則在閘門的背面，那四個灰衣人全監守在門口前，他們以爲那窗子人根本進不去，所以不必把守了。他們認爲再高的武功也不能震破圍牆、而不發出半點聲響。

不過「忘情天書」的十五法門不止是武功，而是比武藝更精微、更高遠、更活用的東西。

蕭秋水以「土掩」辦到了這點。

他一旦掠了進去，首先發覺裡面沒有人，頗感詫異。

靠近岳飛囚禁處，反而沒有守軍，豈不奇怪？

緊接下來他就感覺到一種從未有的感覺：有一種心情，使他血液奔流加快，心臟跳動遞增……好像要去見一個極偉大的人物，現在他已看到他的倒影。

這重牢裡但覺有一種陰森森的氣息，一股異風，撲面吹來，使蕭秋水提高戒備，但又不是掌風。

蕭秋水接下來便有一種感覺：這裡不安全。

蕭秋水的感覺一向正確。

他當年便是憑著這種天賦異於常人的「感覺」，躲過康氏父子在浣花劍廬中和萬里橋上的劍擊，此刻他又感到昔日所感受到的殺氣！

他仍爲了要見到岳飛，而不惜冒一切奇險，他試著探出一步，突然之間，對面牆壁裂了開來，數十支弓弩，一齊射出厲箭來！

這刹那間，數十支箭射向蕭秋水，換著常人，根本就無法躲得開去，但是蕭秋水不但在這刹那躲開了箭矢，而且雙手如密雨一般，將射出來的箭矢都抄在手中。

箭矢是在機簧裡射出來的，在如此短距離下，力道極大，蕭秋水在抄住時已祛去力道，這一共四十餘支箭，全給蕭秋水拿在手裡。

蕭秋水要接住箭矢，是因爲不能讓這些箭射空而射到了牆上！

牆的另一面就是那四名灰衣高手。

驚動這四名灰衣人倒還不成大礙，而是牢中守衛若已知有人劫獄，先對岳將軍不利，這是蕭秋水忌畏的。

蕭秋水接下箭矢，但接不下機括「嗡嗡」的聲音，蕭秋水拿住了箭，靜下來聆聽一會，那牆外的四人似無動靜，方才又踏前一步，確定安全，又迅速踏前了幾步。

就在這幾步之中，又觸發了機關：只聽「嗤嗤」連響，頂上屋樑有數十道寒星打了下來！

蕭秋水心念疾忖：好毒！他應變奇速，一見寒星上隱有藍芒，即除去衣衫一摟，將暗器盡皆兜住。

但這時外面的四人，也有所覺了，只聽一人道：「裡面好像……」一人即斷定道：「有人闖進來！」另一人遲疑道：「不會罷，怎闖得進去？」還有一人疾道：「進去瞧瞧再說！」

第一人又補了一句：「小心埋伏，不要自己誤踩陷阱！」第四人漫聲道：「我自會曉得，才不壽星公吊頸嫌命長哩！」

蕭秋水聽到此處，心裡一動，知道如此闖下去，必定觸發很多機關，對自己極爲不利，而且萬一讓敵人察覺，大事戒備，則如何救得岳元帥？不如先將幾人以迅雷不及掩耳的手法制伏，來逼問如何進入內牢的去路更好……

當下心意既定，已聽門外鑰匙觸鎖之聲，正要掩至門邊，突然腳下轟隆隆連聲，驟然裂開一洞，蕭秋水腳下一空，他應變奇速，世所難匹，即一掌遙拍對牆，以反挫的掌力，身形輕若薄紙，藉此越過深坑，如一隻壁虎般，已貼到門後。

只見深坑內是明晃晃的刀山，刀尖上隱有血跡，還有類似人體內肝臟之類的東西，蕭秋水知是一些踔厲敢死的俠士能人，中埋伏彼殺的遺跡，心中一陣淒酸，又一團火直燒上心腔來。

說時遲，那時快，那扇鐵門「依呀」一聲，已被啓開，蕭秋水隨著門開而夾伏在壁與門間，四條人影，攔在門口，只聽一人道：

「哦，真的有人闖了進來！」

「人呢？」另一問。

「怎麼不見人？」又一人問。

「會不會是闖進去了？」最後一人問。

「要不要示警？」第一人問。

他們一邊問，一邊走了進來，他們以爲有人闖了進來，但人已逃走或中伏，又或已潛入最後一層防守去了，怎料敵人就在他們的背後……

在茅屋中那邊的分派已成定局，裘無意最後長吸了一口氣，就在他長吸一口氣，尚未呼出來之際，他的胸膛驟然龐大起來，使他看來神光熠熠，威風凜凜，不但不像個年老乞丐，反而像個馳騁沙場的大將軍！

他說：「我們的計劃就這樣擬定，闖進去的便闖進去，混入去的便混入去，其他吸住敵人的人，便要戰到最後一刻，負責救元帥的，便得豁了出去，負責探路的，便一定要活著出去，把所探得的甬道記下來，方便下一趟的英雄志士，援軍要及時趕到，也要保持實力，都明白了沒有？」

大夥兒都說：「明白了。」有的說：「是。」有的說：「謝謝裘幫主。」只有一個人道：

「明白什麼？」

眾人都靜了下來，往那人望過去，那人本來正全神貫注陶醉在挖鼻孔的樂趣中，漫不經心一說，卻見眾人的眼光俱投向他來，他挖鼻孔的動作只好頓住了。這人便是鐵星月。他原本正挖得好樂，忽然教人瞧著，總不好意思再挖下去，很覺掃興，便道：

「瞧什麼？沒見過挖金沙呀？」

有幾人便想起趦趄，胡福、李黑等忙叱罵鐵星月，鐵星月卻依舊笑嘻嘻的不在乎，他除了蕭秋水外加半個梁斗外，什麼都不怕，就算玉皇大帝來，他也照樣吊兒郎當，不管什麼三災六難。幸好裘無意早已熟習這干武林豪傑的稟性，於是問：

「鐵老弟有哪點不懂？」

鐵星月咧開大口一笑道：「不是不懂，而是覺得你們在浪費時間說廢話，什麼計劃攻陷，什麼撤退妙計，說什麼左翼右翼，談什麼前方後方，咱們一個月來攻了又攻，救了又救，還不是攻不進大理獄，救不出岳將軍，卻枉死了這好多人！還議論個什麼勁兒?」

此言一出，眾皆大怒，七口八舌吆罵起來了：「你是怕死不敢去了是罷!」「他奶奶的，怕死的就不要在這兒跟我們平起平坐!」「真沒想到潮州屁俠膽小如鼠!」「小王八羔子沒種充啥字號……」等等罵個此起彼落。

卻不料愈罵得凶，鐵星月愈是高興，他反正好久未被人如此罵過了，聽來真是高興，覷著小眼要物色一兩個比較會罵的，日後要跟他比過誰罵得凶。

鐵星月如此說，連他的老搭擋邱南顧都第一個有氣，一把揪住他道：

「如此說，你，不要跟我們去救岳元帥了!?」

眾人都靜了下來，等著鐵星月的答覆。誰知鐵星月「虎」地跳下凳來，一手揪向邱南顧的衣領，罵道：

「你淨長著一張嘴，就不說人話!我老鐵不去!?那除非是改姓邱!我是不喜歡這麼一大堆計劃啦、撤退啦、後援啦、保持精力啦……要拚就去拚。」他說著反手「叭」地撕開了衣襟，敞露出毛茸茸胸膛，聲音猶似金鐵相擊，大聲道：

「只能進，不准退!我們救的是岳元帥，岳爺爺他任大守重、事上忠謹，侍親至孝，臨下明察，這樣子天大的好人，都要下地牢裡，受盡煎熬苦楚，昏庸至斯，世間到底有沒有天道天理!?老天爺到底生不生眼睛!?既不生眼，咱們就捨得一身剮，皇帝拉下馬，有進無退，拚了算了!」

他平時說話，總是強詞奪理，但這一番說來，凜凜大義，令人神爲之奮，不敢相駁。眾下靜了一會，裘無意道：

「鐵兄弟說的是，老乞丐我指東劃西，反而使大家縛手縛足，不易發揮；」他苦笑了一下又道：

「不過，鐵兄弟既知岳元帥恩深義重，這事便得愼重而行。若今日不是爲岳元帥安危，不是要求照顧到眾家的犧牲是否值得，你鐵兄弟敢拚命的地方，我老乞丐絕不退後一步！」

邱南顧聽了，熱血賁騰，比鐵星月還先說了：「裘幫主，你不退後，我邱鐵口也不退後！你若戰死，我也不苟活！」

裘無意撫鬚哈哈大笑，眾見這老少等慷慨激烈，都爲之動容，就算默不作聲，心底裡都燃起了俠烈的火焰！只聽李黑那低沈的聲音道：

「裘老，您老人家調配有度，這是整體作戰，決不可因個人魯莽行動，而誤大事，老鐵小邱不懂事，您老別見怪，但萬萬不可亂了陣腳，否則救不到元帥，反而害了大家，萬一搞個不好，秦孽橫起心來加害岳元帥，那就糟了。」

眾人聽了，心下自是一寒，都覺有理，不禁凝肅起來，裘無意也正色道：

「我可曾有生氣了？不過李兄的話，也有道理，決不可魯莽從事，害了元帥。」

胡福點點頭道：「我們大家還是遵照裘幫主的指示行事。」

眾人都說好。忽聽一人粗聲粗氣地問道：「你對裘幫主的分配都瞭然了？」只見說話的人高大碩壯，眉鬚皆白，原來是「千手劍猿」藺俊龍。只聽胡福囁嚅答道：

「我……聽不懂。」

眾人都嘩然。原來胡福功夫紮得穩，全靠此人勤練，他是本著「人家練一朝，我就練十天」的蠻幹，而終於練得一身好本領的，但腦袋素來都比人魯鈍，藺俊龍與之相交未深，但也了解他這點，故作此問。

胡福這一答，很多人都忍俊不禁。藺俊龍又問：「不懂你又跟!?」

胡福訥訥地道：「……我不知道，我只知道跟裘老幫主去救岳將軍，這件事準沒錯兒……我就跟定了。」

眾人聽他解釋，俱為這正直的人所感動。裘無意歎道：「其實我們冒死救將軍，將軍肯不肯出來，還是殊為難料的事哩……」

此語一出，眾人又為之詫異不已。其中一人乃是湘北大豪，因慕岳飛，不惜棄家來救，這人姓柴名華路，外號「急驚風」，便忍不住大聲說：

「我們不惜死，毀家相救，萬一岳將軍真的不願出來，我們則如何是好？」

各人俱議論紛紛，大肚和尚道：「我看岳元帥不致於不出來吧？裡面又冷又濕又沒好東西吃，有什麼好留戀的喏？」

陳見鬼也不服氣地問道：「你說岳將軍可能不肯出來，那我們不是白花心機？你說這話，可有證據？」

裘無意歎道：「以前將軍常跟我說：一日爲君，終身所尊，若皇上要他死，他便不願偷生流落於江湖……」

「雜鶴」施月奇道：「你見過岳將軍……」

裘無意身旁的一位八袋弟子挺身道：「裘幫主是當年宗澤將軍的部將，當然見過岳將軍！」這說話的人雖年紀不大，但他素來說一無二，在武林中甚有地位，他就叫做「話不二說、招不過三」，姓萬，叫加之，「話不二說」是指他言而有信，「招不過三」係指他的武功厲害，在他的手下，很少人能走得過三招的，所以名爲「招不過三」，若不是因他年紀太輕，早就升爲丐幫十袋的長老了。

萬加之這麼一說，很多人都爲之動容，失聲道：「那裘幫主是……」

「千手劍猿」藺俊龍年紀較長，猛想起當年奮勇沙場，馳騁殺敵的一人，失聲道：

「裘西門裘老將軍？」

裘無意發出一聲浩歎，撚鬍道：「正是老夫。」

這下子才明白，何以一千來救岳飛的武林好漢，本各有一身絕藝，互不服人，卻都聽命於裘無意，而且也瞭解了裘無意何以一介布衣，而對布陣行軍之法，如此熟習；更且明白裘無意的身世，原來裘無意便是昔年宗澤手下勇將，其實傳言的所謂「怒動天顏」，不過是皇帝對忠臣排擠的遁詞而已。

裘無意道：「我在長板坡，本就該死了，後來爲一女子所救，她給了我一顆武林中人所夢寐以求的『無極先丹』，說能醫好我的傷勢，不過要我答允一個條件，就是要我加入『權力幫』，她說李沉舟很欣賞我，勸我何必固執，同樣是抗金，引丐幫加入『權力幫』也沒什麼不好，而且李沉舟日後圖謀大舉、領兵作戰時，少不了借重經驗豐富的老將軍……」

大多數的人都不知有過這一段經歷，但知「權力幫」已日漸式微，勸誘裘無意入幫，無疑如虎添翼，如得強助。裘無意繼續說了下去：

「我一聽後面的話，知李沉舟狼子野心，便表示寧死不允，後來李沉舟也來了，他很年輕，看了看我，就說：『是硬骨頭，不要難爲他。』便囑那紅衣姑娘餵喫了藥……」衆人聽那蓋世魔王「權力幫」的幫主竟是一個如此好相與且坦誠的人，都覺奇詫；裘無意有些赧，自嘲一笑又說了下去：

「……那是一顆『陽極先丹』，所以吃下去，還有後果，那紅衣姑娘又指示我到丹霞山去吃『操蟲』……這條老命才算保住了。」

裘無意所說的「紅衣姑娘」，自然便是「紅鳳凰」宋明珠，她因與蕭秋水丹霞山的夙緣，而發現谷中有解丹藥之毒的「操蟲」，這些因果關係，自是裘無意所不知的了。

眾人聽得他如此說，一方面暗佩裘無意光明磊落，這般狼狽的事，他也坦然相告，一方面更欽服他頑強不屈之風骨。

「不過諸位也不用太耽心，到時候岳將軍如不肯出來，我們一齊跪地相求，誓死不走，將軍最體恤部下，生怕我們被奸賊折磨凌辱，說不定看在這點份上，跟我們一起出大理獄來。」裘無意說到這裡，頓了一頓，又道：「現在已近二更，咱們該出發了！」

裘無意的輕功高，加上李黑、胡福這一干武功較好的人，先去打前鋒，眾人都稱是，大肚和尚居然唸起佛來：「阿彌陀佛，他媽的，這次不要再又徒勞無功，退了出來，那我就天天上香拜神，決不食言。」

卻聽一個聲音道：「加我一個，會不會太多？」

眾人忙抄兵器在手，紛紛準備，正要吹熄蠟燭，卻見一人，冉冉自窗前平身升起，雪一樣白的寬袍，卻不是東海林公子是誰？

在出征前有此強援，眾皆大喜，愉悅不已。

這時外面的雪勢，已愈下愈大了，四周白茫茫一片，林公子飄進來時，也沾著濃濃的雪意……

修正於一九九八年一月卅日大年初三、卅一日大年初四
唱罷盡興，年過矣，余早上離／念鄒上珠海拜年，此禮考彼禮，不算有禮／請方念何梁鄒大吃海鮮／念余大打筆仗射球戰書元宵決勝／儀怡趕來拜訪卜卜齋，卻只一小時，趕喉趕命，方悉，何火氣／封底介紹儀，示之／陳影來去太匆匆／「四大名捕」齊赴拱市書店小讀者纏住大拍照

十一 血牢群英

蕭秋水等那四個老人一齊進入室後，立即就出手。

他一出手，就封了其中一人背心的「陶道穴」。

他此刻身手，是何等快捷，何況是偷襲在先，自然一抓就中，但他不忍傷人，所以只封其穴道。

但是那四人的武功和反應，都可謂高極快極，一人著了道兒，三人一齊警覺回身！

但就在這時，蕭秋水的另一手已點著了另一人背心的「魂門」穴！

另外兩人，正要出手防禦，蕭秋水橫裡倏出一腳，居然在另一人身形將轉未轉過來之際，仍踢中了他背心的「中樞」穴，所以不過在一剎那，對方四人，已倒下去了三個。

還有一個人，幾曾見過這般神技，這四人在秦檜身邊作威作福已數十年，從未栽過，而今一上來，便已倒了三人，剩下一人，這人心中大慌，不知來敵多少，便退了幾步。

但他退這四步，可謂錯極，因爲倉惶之中，踩著了機關，猛覺腳下一空，想要拔身躍起，已來不及，慘叫一聲，便落了下去！

這剎那間，那灰衣人的一聲慘叫，在寂夜中可謂驚天動地，無奈他口一張，蕭秋水情急生智，遙劈一掌，這一掌並無其他用意，但一陣強風掩至，竟將那灰衣人叫出的聲音，打得吞了回去，之後再想發聲，也因勁風湧灌而入，那灰衣人只能張大了口，叫不出半句聲音來。

這時他的身體已沈了下去，「通」地落入了一個池水之中，全身立時冒出了一陣白煙，以及刺鼻的焦辣之味，那些池水，顯然是蝕骨化體的藥水，蕭秋水只見灰衣人臉肌抽搐，甚是難看，於心不忍，稍爲一怔，那灰衣人的慘叫聲，便要傳了上來——

卻在這時，那原先陷落下去的活動地板，又「霍」地掩了起來，原來是設計這機關的人，怕落下去的人還能爬得上來，便使地板自動封閤，使敵人唯死一途。卻不料這一封，也封死了灰衣人的聲音。

蕭秋水心中暗歎一聲，瞧好地形，長吸一口氣，一掠而過，手足都不觸及室中任何事物，直往黝暗中的一處入口撲去！

原來在室中深處幽暗裡，有一處螺旋形的梯口，直通下不知何處去，蕭秋水的眼力強，馬上窺出該處顯然是最後一重地牢的入口，他的心忐忑狂跳，只求能救出岳飛，即死而無憾。

他一躍而入甬道，「篤」地一點，猶如蜻蜓點水，比小鳥落在地下更輕一聲，但這黑漆伸出手不見五指的甬道深處，忽有人厲聲問：

「誰!?」

這時茅屋內已沒有了燈光。

也沒有了人。

人都到了漫天風雪之中。

他們彼此在街角一抱拳，各奔赴自己的崗位，風雪中，這些人一別不知何日再見。

裘無意帶著李黑等廿多人，潛行躥伏，很快地就來到大理獄之前。

這一行人由於所肩負的任務極重，雖生性好玩喜反，現都凝肅以對。

眾人在風雪之中，伏在雪堆中，都聽到同伴在身旁細細的喘息之聲，各人鼻嘴裡所呵出來的暖氣，漸漸融化了眼前的冰雪，使貼臉的冰屑裡凹了幾個小窟窿。

這時外面在獄前戍守的衛兵，一隊又一隊地來回巡視著，裘無意觀察了好久，忽然一點頭，「刷」地掠了出去。

他因數次劫獄，對獄中情況，已摸得一清二楚，這一刻間正是圍牆上衛兵和牆下守卒換班之際，在這瞬間，防守最弱，而他綽號「神行無影」，就把握這電光石火的一剎那間，已掠過了那片曠地，翻身返入了圍牆，當真是名不虛傳。

其他匿留在雪堆裡的俠客，有的眼光充滿了期待，有的嘴邊掛了帶信心的微笑，果爾，未幾，只見牆上的一排穿行的守衛，正來回巡逡著，忽在這隊伍後頭，又多了一條躡手躡足的人影。

這人影在風雪的城牆上，加進去那一排巡邏的人中，突然之間，這人已無聲無息地將最後面一人點倒，輕放在地上，而隊伍前面的人渾無所覺，繼續巡更。

這人影又貼近最後一人背後去，迅即又出手制伏了那人。如此一個一個制下去，整個隊伍的人，全在無息無聲間被消滅。

這一個鐵桶一般周密的大理獄防範，因破了一隅，防守大失，這一干豪傑俠士，互相一點頭，便往這缺了守衛的一隅，在雪地上以肘支地爬行過去。

到了牆腳的陰影下，這些伏倒蠕動的人，立時又變得靈敏如狸貓，手足並施，飛快地登上了圍牆。

圍牆裡，便是大理獄一層又一層的牢房。

在這些牢房的最深處最中央的一所，便是他們欽仰所歸的岳大人受困處。

一旦想到這一點，這一群俠客便恨不得立時殺到了那一層去，救出爲國爲民的岳飛將軍！

可是他們更知道，此舉不得有失——這一層又一層的牢房，盡是守衛，尤其是最後三層，把守的人都是一流高手。

他們數次暗潛硬闖，莫不在最後第三關被擋駕了，終有人硬搶進了最後第二關，也從未有活著出來的，至於最後一關之凶險，便可想而知了。

但岳元帥乃囚於最後一幢牢房，這些作子弟兵的無論如何，縱上刀山、下油鍋，也要去硬闖一闖。

只要過了那大理獄外的一層守衛，其他幾層，囚的是普通犯人，把守的人武功平平，要越過去只要小心點不被發現，理應沒有什麼困難。

但是得要快，——因為下一批守衛，半個更次後便要調換一個班次，屆時一定會發現同伴失蹤的事！

臨安是京師之地，禁軍護衛和大內高手，不少在當今武林中也是響噹噹的角色，可不是好惹的。

所以裘無意帶著一干人，左穿右插，前閃後伏，迅快地晃過了十幾幢牢房，他們每過一處牢房，便聞睹一些慘絕人寰的呻吟，和令人發指的酷刑，使人齒冷的場面。

在第四號牢房裡，其中一個監牢中的囚犯，十指都被斬去，血塗得一地都是，那囚犯因為缺水極渴，竟用舌頭來舐他斷指上滴落的血！在第七號牢房，左起第十三號的犯人，因無進食已久，身罹重病，又付不起給獄卒的錢，竟在寒冬中長了一身惡瘡，臉上那顆，長得比他半張臉還大，滿是濃水，竟似是一張鬼臉！

第八號牢籠中，有兩個女囚犯，正被數名獄卒盡情蹂躪著！第十一號牢裡，正在施刑，一人被銬在刑具上，一個行刑者正將他的腳指甲一片一片地撓了出來！

這些瞧在眾俠眼裡，又教他們怎能忍！

忍無可忍！

可是監牢裡那麼多的人，哪救得完？又焉知哪個是罪有應得，哪個是被誣害冤枉？何況若在這裡打草驚蛇，又如何救岳飛？

這次眾俠進入大理獄，因駕輕就熟，得到了前所未有的順利，片刻間即闖過了數十道明卡暗樁，到了最後第三重牢房前的屋頂上。

裘無意陡然停下，大家都知道，這第三層監牢把守的是秦檜的四名貼身護衛，武功好、警覺性高，以裘無意的武功對這四人當然綽綽有餘，但卻也不能數招內解決，一旦在格鬥中驚動了人可大事不妙。

這時大雪紛飛，一幅一幅愁人的慘象，令眾人心驚肉跳，義憤填膺，裘無意知道久待下去，這干豪俠必然忍耐不住，便道：

「我先潛過去探探，你們一聽蛙鳴三聲，即掩過來。」

眾俠知裘無意不但武功深湛，而且輕功也甚了得，他自忖：事急馬行田，也只好如此了。裘無意長吸了一口氣，「呼」地掠了出去，如雪花一般輕盈，飄到了對面第三重的屋瓦上。

裘無意伏在那裡，好半晌動也不動，見牢內沒有什麼動靜，才敢迅捷起身，一翻身隱入牆內。眾俠見裘無意未被那四大高手發現，皆暗自慶幸，知不久即可入內救出岳元帥，心中喜難自勝。

他們都不知道，其實「窮凶」、「極惡」、「歹毒」、「絕狠」四人，早被蕭秋水點倒或解決掉，別說無覺於有敵來犯，就算感覺到了，又哪裡呼喚得出聲來？

裘無意悄如落葉般，倒鉤在屋沿上，掛探下來，便立刻發現了那被移走的牆，和牆內穴道被制的灰衣人！

——是誰那麼厲害，竟制服了這秦奸相座下的四大高手!?

——先行一步的究竟是誰!?有什麼意圖!?

裘無意只覺此行甚是凶險，便立意先不通知群俠，自己先下去探探再說。

他這個決定，以當時大局來看，當然是對的；但是他做夢也沒想到他這個決定造成了無可彌補的遺憾！

那聲音自黑得焦炭一般暗昏的甬道裡傳來：

「誰!?」

蕭秋水沒有作聲，他的存在已如銅牆鐵壁一樣，鞏固，但不發出半聲聲響，除非你自己碰砸上去。

但是對方似有驚人敏銳的觸角，仍是厲聲問：

「是誰!?」

忽聽「蕭蕭」連聲，無數飛旋的暗器，打向蕭秋水！

蕭秋水情知再也無法隱瞞，他只要稍微一動，對方便定必發覺，但這些暗器每一枚都將室內的空氣撞破八九道裂縫，其犀利霸道真可想而知，但是如果稍作移動，只怕就要驚動全牢了，就在這霎息之間，蕭秋水作了一個決定。

他不動。

暗器呼嘯著，「奪奪奪奪奪奪」一陣密雨般，打在他的身上。

他在這刹那間，身體變得如一根朽木。

他在這瞬間將身上所有的穴道全部閉死，全身肌肉鬆弛如朽木。

暗器打入了他的身體，打不著他的穴道，他的穴道早已移走；暗器打進了他的肌膚，但軟綿綿的毫不著力，只嵌在膚上，又無力地彈落在地。

——「忘情天書」中的「木頑」一法。

這一招在數十年後，爲「四奇」中「東海劫餘島島主」嚴蒼茫所苦練得一些竅門，叫做「腐屍功」，即名噪一時，以這記絕招躲過不少險死還生的狙擊。

且說暗器都落下蕭秋水身體去，然而蕭秋水在這刹那間閉過氣去，未能立即便恢復過來。

只聽一人舒了一口氣道：「我還以爲有人闖了進來，居然有那麼好的輕功，連你我兄弟二人都無法覺察的……那簡直是匪夷所思了。」

另一人也笑道：「小心駛得萬年船……」說到這裡，似想到了什麼事一般的，陡然止住。

這兩個聲音都相當年輕，但出手歹毒，暗器犀利，更可怕的是能在目力無法透視的黑暗中能有如此超覺的能力。

此刻只聽那話到一半陡然停住的人又道：「不對……」

另一人問：「什麼不對？」

這人正想答：那暗器的聲音不對，若是打在牆上，應是「叮叮」之聲才是，卻爲何發出如中朽木一般的「奪奪」之聲？而這裡都是銅牆鐵壁，沒有木頭呀！他雖是想到了這一點，可是已來不及說出這一點。

因爲一股狂飆般大力，已湧向了他們兩人。

他們一齊出掌硬接，「砰」地一聲，兩人一齊被震得反撞在牆上！

這兩人的武功，也在塞外一流高手之列，所以才接得下這一記如奔雷裂濤般的巨力，只是背脊被撞得似拆散了殼的螃蟹一般，苦不堪言，尚未及叫出一聲，那人又潛湧了過來，閃電般出手，點了他們的「章門穴」。

這兩人橫行塞外，畢生未遇過這樣的敵手：居然一招間制伏他們二人，還能硬受他倆人的暗器！

蕭秋水行險一試，果以「木頑」之勢，制住二人，即將二人拖至光處一看，原來這兩人臉色慘青，似多年未見陽光，幾乎全無血色，都是瞎子！

——難怪！

——若不是瞎子，又怎會有如此敏銳的聽覺？

瞎子在黑暗中，就等於睜亮眼睛的人在太陽下一般。

——這兩個瞎子好厲害，不知是誰？

蕭秋水縱然這般想，可是也無加害之心，亦無加害之意，制住了便算了。這兩個「塞外雙盲」武功極高，爲人倒也不壞，但爲人心胸甚是狹隘，而且無判別是非之識見，故受秦檜利用。這兩人的故事，在後來的「白衣方振眉」故事中的「長安一戰」裡，還有提及。

蕭秋水制住了兩人，瞥見地窖深處，有燈光透來，他心中又一陣怦怦亂跳，彷彿一生極欲要見面的人，快要見到一面了。

他自窄縱的石壁隙間窺望過去，只見有一盞燈，在桌子中央——究竟他要找的人，在不在這裡？這裡已是大理獄的中心，岳飛是不是被困在這裡？

可是在潛伏於屋簷上的群英，卻發生了一些事情。

原來他們所潛藏之處，下面正有幽慘的燈光，照出了天愁地慘的一幕。

幾個官服的人，和兩三個行刑的牢頭，正在盡情拷打一人。

這人原本生得極是威武，虯髯滿臉，但因經嚴刑拷打後，一張臉全裂了，眼睛也歪了，左邊的眼珠，被打出了眼眶，吊在臉上，好不恐怖，腮上的如戟黑鬚，也被燒得七七八八，但他被鎖銬在那裡，神態間仍有一股凜然之威。

只見坐著的官員中央一人道：「王貴都招了，岳飛謀擁兵權，你只要肯劃個花押，我們就馬上給你治傷，教你富貴榮華，享之不盡！」

那人驟然哈哈大笑，笑得手上緊縛的鐵鏈，喀當震響不已，那人如雷般大聲道：「沒想到我張憲不戰死在疆場之中，卻叫你們這干賊子來侮辱！岳將軍頂天立地，堂堂正正，你們欲加之罪，何患無辭！又何須我張憲來誣陷！王貴可以出賣將軍，是他有把柄握在秦奸賊手中，我張憲光明磊落，人頭落地也不過碗大的疤，還會怕了你們不成!?」

那三個文武官員，本想威迫利誘，要張憲誣供岳飛陰謀作反，可是張憲爲人極有風骨，說什麼也不肯同流合污，所以三人便嚴加拷打，直使張憲認了爲止。而今三人一聽張憲的話，中央一人便道：

「好！你這個反賊，卻教你沙場死不了，刑場受折磨！」說著一拍驚堂木，喝道：

「來人！給我們的張大英雄開開耳界！」

只見一名刑夫舉起一支金屬細鐵，直向張憲左耳刺了進去，張憲嘶聲裂肺地狂嚎一聲，眼球迸出血水來，鐵星月、邱南顧、大肚和尚三人再也按捺不住，一齊怒吼一聲，三人破窗而入！

其他的人，也悲憤不可遏，袞無意不在，又有誰能控制大局？只見三人幾拳幾腳，已將室中數名施刑的人打死。那幾名侍衛拔刀欲喊，林公子等見勢不妙，索性一不做、二不休，先救出張憲再說，刀劍合而爲一，「嗖」地一聲，已將兩名侍衛斬爲兩半。

其他的洪華、陳見鬼等，也紛紛躍下，左邊的武官拔出了峨嵋鋼刺，還未出手，已給萬加之一刀斬得腦袋瓜子對半分，另一個文官，走沒幾步，已給胡福挺刀追上，那文官「噗」地跪地，哀叫道：

「好漢饒命……」

胡福橫刀歎道：「既知天下有好漢，何殘忍至斯……」洪華在一旁見狀，沈聲喝道：

「福哥，別與這種狗官多說！」比一比手，疾道：「宰了！」

那狗官見勢不妙，張直喉嚨大喊道：「不好啦，有——」才叫得一半，「千手劍猿」藺俊龍已一個飛撲過來，三劍齊沒入這官兒的背後，這官員立時沒了聲息、報了帳。

眼見瞬息間室內的橫虐官兵，被收拾得一乾二淨。「急驚風」柴華路早已掄起抓子棒，猛攻向那本來位坐中央的官員。那官員武功竟也不弱，群俠中早分出李黑去對付他了。李黑刁鑽精乖，對付這等作威作福的狗官，自是能得心應手。

卻不料這官員武功不但不低，而且甚是機伶，李黑一溜煙鑽到那人背後出腿就踹，那人一反手竟以籐牌封住，而且一面打，一面高呼：

「來人呀！有反賊啊！」

如此叫了數聲，只聽四方響應，各有騷動之聲，群俠知事跡敗露，這次累了大家行動，都臉如鐵色。這些人俱是響噹噹的好漢，縱殺頭斬腰也不哼一聲，只是連累朋友，害得不能救拯岳元帥的事，非同小可，群俠無不暗自惴惴。

原來這官員便是「鐵龜」杭八，眾俠一時間沒殺得了他，便讓他嚷了出來，驚動了整個大理獄。杭八在朱大天王手下十分得意，一路升官發財，充當秦檜爪牙，也作得不亦樂乎。

杭八一面格鬥一面大叫，眾人心慌意亂，一時沒奈他何。這時唿哨四起，不少衙役、捕頭、戍衛、獄卒，紛紛闖了進來，還有各方武林高手，一齊湧至，眾人只得全力應戰，連被銬鐐著的張憲，也無法營救了。林公子、邱南顧、大肚和尚、鐵星月、李黑、施月、洪華、陳見鬼、胡福、藺俊龍、萬加之、柴華路等都奮力禦敵，張憲被銬在刑具上，無法動彈，想他在沙場上殺敵，何等無懼無匹，卻叫與自己共事一君的同僚害至此境，不禁心恨難平、睚眶欲裂。

這時在牢房中打得好不燦爛之際，卻正是蕭秋水已闖入牢獄中心之時。

蕭秋水自那石縫望去，立見有三個人，正在談話，蕭秋水一見，不禁震了一震。這三個人中央的一人，便是朱順水，他還臉色焦黃，顯然受燕狂徒的掌傷未癒。其他二人，卻更教蕭秋水一怔。

原來那二人一老一少，正是「觀日神劍」康出漁與其子康劫生。

康出漁在當年浣花劍派對權力幫一戰中，是罪魁禍首，而且曾合力暗殺了「陰陽神劍」張臨意及「掌上名劍」蕭東廣，簡直是罪大惡極。

康劫生原爲「神州結義」的人，卻出賣蕭秋水，加害手足兄弟，蕭秋水等人曾饒過他，無奈此人仍怙惡不悛至此。

朱順水是在外界一直以爲「朱大天王」本人，康出漁和康劫生父子卻是「權力幫」的人，而今這兩幫人竟在一起，監視岳飛！

蕭秋水想到這裡，已怒火中燒，熱血賁騰，只聽朱順水忽道：

「咦，外面好像有不妥。」

康出漁的武功還不及朱順水，自聽不出來，便道：「怎可能，這裡銅牆鐵壁，每層都是龍潭虎穴，哪裡有人可以闖得進來！」

康劫生也阿諛地笑道：「要是闖得進來，前幾天的那批人，就不敢全部拿去餵狗了。」

朱順水因傷未復原，稍微動作，即痛不可支，也不想多事，否則以他行事審慎而言，必定去看看再說，而今只得作罷，便哼了一聲道：

「你們不怕你們的李幫主來劫牢嗎？」

康劫生笑道：「我想幫主他對相爺雖有誤解，但與岳飛非親非故，不致要來劫牢那麼大陣仗！」

康出漁也道：「幫主圖的是天下英雄豪傑，與他暗通聲息，一呼百諾，若岳飛這等字號的人物在世，哪有他號令的份兒？……所以劫牢嘛，當不至於，天王多慮了。」

敢情康出漁不知朱順水並不是「朱大天王」，故此仍稱朱順水爲「天王」。

朱順水冷冷地道：「好似李沉舟這種鄉野匹夫，也敢來自立名號？他日丞相大人一定派兵將他給滅了。」

康出漁、康劫生父子一齊恭聲道：「秦相爺千千歲！秦相爺高瞻遠矚，李沉舟該殺……」只見兩人，一個黑髯垂胸，十分莊重，一個眉目俊姣，宛似畫中人，但所作出來的事，卻氣節全無，豬狗不如。

蕭秋水看得一陣噁心，卻聽康出漁又奉迎地補加了一句道：「所以我倆父子特來投效秦大人……」

那康劫生怕給他父親搶了歡心，便又加了一句道：「也等於是投靠天王……」

朱順水哼了一聲，他重傷在身，臉色赤金，倒像座菩薩一般的樣像，但神態十分傲慢。

蕭秋水想起當日劍廬之役，唐方等及時趕到，救了自己，殺退康氏父子，這一對老不知羞、少不知恥的傢伙，竟相互奪路而逃，完全沒有舐犢情深，奸惡至斯，也真是無話可說。

只見牆壁有一盞燈，燈色慘暗，但猶自發光發亮——不知怎地，蕭秋水心裡又生起了那種感覺：彷彿他一生中只求得一見的人，就在這室裡，但是還未見著，又好似將離去了，永遠見不著了……

這刹那間，蕭秋水心裡很是焦急，好像怕什麼東西，將要永離他而去了……

這時馬燈一陣急晃，地窖裡刹然一黯……蕭秋水再不理會，大喝一聲，雙手往石縫一扳，只聽「軋軋」連聲，兩爿巨石，已被硬生生拉了開來！

蕭秋水在三人驚愕中掠了進去！

裘無意這時已進入了最後第二重的幽黯石室之中，正爲石室內的機關所困，在全力應付中。

十二 一線銀河現唐方

蕭秋水驀然出現，朱順水、康出漁、康劫生三人，莫不大驚。那兩塊千斤石壁，本就不是人所能推開的；他們眼前只見燭火幌撼下，只見如天神一般的人，出現在眼前，三人心中所受的震嚇，無與倫比！

康劫生幾失聲叫道：「岳爺……」他幾以爲岳飛脫囚而出！不但他有如此感覺，連朱順水、康出漁也不例外。

但他們畢竟是經歷過大風大浪的高手，都馬上認出了蕭秋水！

他們三人，都見過蕭秋水，康氏父子更都曾在蕭秋水手下喫過虧。

在這一剎那間，三人都怔住，蕭秋水已大步踏了起來，問了一句：

「岳元帥在哪裡？」

這時火光激搖，蕭秋水已看清室內既沒有牢籠，也沒有其他的人，所以他沈聲疾問。

他問的時候，康氏父子兩人一齊拔劍。

蕭秋水倏地一個箭步就搶過去，一伸手，就摘下背後的「如雪」寶劍，「玎玎」兩聲，「金斷」一訣削出，康出漁、康劫生雙劍齊被削斷。

兩人驚退，朱順水掩了上來，攻出左手「虎爪」，右手「鷹爪」！

蕭秋水根本就無心戀戰，他急於要救岳飛，所以退了兩步，雙手劃了兩個圈，封過來勢，喝問：

「岳將軍在哪裡!?」

朱順水以爲對方被自己逼退，他在擂臺下曾與蕭秋水交手，自知這青年人武功很是不弱，但仍在自己之下，而今自己負傷，未知勝數如何?今一出手即擊退對方，以爲穩勝，更步步進迫，哪裡肯答?

當日在瞿塘峽上，燕狂徒重創朱順水後，即遭朱俠武暗狙喪命，蕭秋水力戰朱俠武，並擊退之，但那時朱順水已暈厥過去，杭八將他救了出來，自也不知究竟，朱俠武本身更不會道出自己狼狽而逃乃是不敵一個後生小子，所以朱順水根本不知學得「少武真經」和「忘情天書」後的蕭秋水，武功有多高。

朱順水又出一記「鷹爪」，一記「虎爪」。

蕭秋水左手「少林」，右手「武當」，將來勢化解。

就在這時，牢外忽傳來喧嘩人聲，似有格鬥在進行著，蕭秋水不知是因何引起這些騷亂，只怕給牢卒闖了進來，要救岳將軍就難了，便在這時，驀然瞥見康出漁正想偷偷溜了出去。

——去請救兵!?

蕭秋水心頭一急，左手一撥，右手一掃，壁上的一點微火，驟然高漲，「虎」地罩在康出漁臉孔上，燃燒起來，真宛似烈陽的火光一般，康出漁慘叫連聲，這「忘情天書」中「火延」訣非同小可，康出漁才在地上翻滾得幾下，火焰已熄，康出漁的臉也如同焦木。

但是蕭秋水因分心對付康出漁，脅下「鳳尾」、「精促」便給朱順水所扣，這剎那間，蕭秋水的身體忽如朽木，朱順水忽覺手中所抓，綿若朽物，而蕭秋水雙肘卻以武當派「千山重疊」之力，疾撞下來!

若在平時，蕭秋水的穴道給朱順水抓中，縱使「木頑」之法，只怕也非受重傷不可，但此際朱順水內傷未癒，發力較虛，又輕敵在先，忽見蕭秋水反擊，大吃一驚，縮手身退，便放過了這一個絕難再逢的好時機!

這一來，康出漁已死，康劫生早已不知躲到哪裡去，只剩下一點火光，在地上殘油中燃燒，剩下蕭秋水和朱順水二人，臉色隨火光晃動不已，兩人對峙而立。

朱順水在火光中隱然有汗，這時他已瞭解了蕭秋水的實力。

蕭秋水心中也亂極，因爲他聽見外面的喊殺聲，其中有些聲音竟似是他義結金蘭的弟兄們所發出來的。

——胡福、李黑……是不是你們？

——唐方……妳有沒有來？

但是一定要先救岳將軍！蕭秋水大喝道：「朱順水，我給你最後機會，快將岳將軍交出來！」

朱順水的汗像鳥爪一般自臉頰上爬下來。只見他呆了呆，乾笑道：「哪有什麼岳將軍！這兒你是見到的了，哪藏有什麼岳將軍！」

蕭秋水登時心亂如麻，叱道：「你說什麼？」

朱順水冷笑道：「我說你找錯了門路！」

蕭秋水大聲問：「那岳將軍究竟在哪裡！」此刻他的功力，正是非同小可，氣運丹田，只震得四壁響起回聲。朱順水也被震得血氣翻騰，但強自道：「岳將軍早被送去風波亭問斬了，你白跑這一趟了！」

蕭秋水只覺腦門「轟」地一聲，呆立當堂。

這時，裘無意已穿過那機關室，正在潛入那黑暗得什麼也看不見的最後一道防守去。

而他也正好聽見外面的殺伐之聲，以及裡面驚心動魄的對話！

蕭秋水登時搖搖晃晃，不能自己，喃喃道：「岳將軍已……風波亭……風波亭!?……」

朱順水在火光中深沈地盯著蕭秋水，獰笑道：「才去不久。你中計了。」

蕭秋水勉強將散亂的力量收聚回來，強自振作道：「我……我要去風波亭……」

朱順水大笑道：「『大理獄』由得你來卻由不得你去！」話甫說完，掣腕出爪，雙手一先一後，俱抓向蕭秋水胸口「神藏穴」上！

蕭秋水這時乍聽岳飛送風波亭問斬而如雷劈頂，渾渾噩噩，不知所措，既想跪下來大哭一番，壯志消沈，又想奮發力趕，要阻止風波亭的慘禍，正在此時，朱順水的爪已攻到！

這時裘無意正好發覺到那「塞外雙盲」被制：他深知「塞外雙盲」的武功甚高，而今竟也被人制伏，此番潛入的人功力有多深厚，也可想而知！

所以他在未知是敵是友之前，就益發小心戒備起來。

卻在此時蕭秋水正在生死之際！

群俠那邊的殺伐一起，不知湧入了多少軍兵！鐵星月、邱南顧、林公子這等人，但凡有戰鬥，只有進，沒有退，所以反而迎了上去。

鐵星月第一個衝鋒，面對的足有近百人，都直著嗓子喊：「衝呀！殺啊！」可是真正衝來的卻倒不似喊的那麼有勇氣。鐵星月最看不順眼貪生怕死之輩，雙手一抓，就捏住兩名光直著喉喊的傢伙，「喀喀」兩聲，已拗彎了他們的脖子！

忽聞「霍」地一聲，一支紅纓槍向他背後刺到，他大喝回身，一腳踢出，將紅纓槍踢飛，一拳又將那人摞倒。只是一口氣尚未喘得過來，前面三張刀，後面五張刀，左右各有七張刀已夾擊過來！

鐵星月大叱連聲，已打倒十五人，但他身上，已多了四處血痕，有兩道血如泉湧，已遍濕了衣衫。

但鐵星月衝去，仍然向前衝去；他生平只殺金兵，卻不料在此地要打起大宋的官兵來了，他一面打，一面氣悶。更是往敵人最多的地方衝去。

邱南顧眼見鐵星月身上淌出了鮮血，他就紅了眼，他跟鐵星月素來不睦，那只是口舌之爭，在感情上，卻是極篤誠的，所以他就隨著鐵星月殺去。

只是殺沒了幾步，已不見了鐵星月的背影，前後左右，都是火把、敵人、兵器，邱南顧如瘋虎一般，拳打腳踢，打得對方人翻馬仰，又倒了十七八人，他還跳起來，一口咬在一名剛才蹂躪女子的獄卒之咽喉上！

林公子每出一刀，每刺一劍，都必有人踣地不起，他已殺出了一條血路；他要走，隨時都可以，但他在兄弟們還拚命的時候，又怎會離開？

他長嘯一聲，揮刀舞劍，再殺了回去，不消片刻，白袍都染成了血衫。

這時衝入來，以及團團包圍的不知已有多少層、多少人，胡福宅心仁厚，謙謙君子，只是不忍，便大叫道：

「兄弟們，大家都是有娘有爹的，又何苦苦相逼？」制住幾人，都沒下殺手，冷不防所饒的人，正要貪功，一刀斫向胡福的脖子，胡福猛將頭一偏，下巴熱辣辣一疼，被劃了一道見骨的口子，胡福恚然大怒，回手一刀，將之了賬！

這一來，他身受重傷，原在數人之中，功力要算他最深，反而變成了最險！李黑最是精靈，作戰時眼觀六路，耳聽八方，一見胡福受傷，即刻一面打一面以靈巧的身形：攢、轉、竄、跳、溜，甚至不惜滾、翻、爬、扒、跨，殺到了胡福身邊，兩人貼著背作戰，面對兩百多個敵人，仍是可以守得穩。

陳見鬼也在一旁，乍見胡福受傷在下巴，他爲人素來缺德，早看胡福一本正經，吊著個長下巴不順眼，打了一陣，李黑人生得矮小和精銳的禁軍對峙，只見他如一顆豆子一般，時作爆跳高躍，時作滾地葫蘆，禁軍上下盤俱受李黑之欺，李黑眼兒瞧準了一個位副憲司的雙鞭高手，忽撲過去，搶入中門，一出手，拔了那人一把山羊鬍子，那人痛得哇哇大叫，李黑笑道：

「你常對人用刑，今日我就拔光你的鬍子——」

話未說完，忽覺腳下一滑，「叭」地摔了個仰八叉！原來他說話時太得意了，不覺竟站在對方的兵器上，那人左手馬鞭，右手金鞭，只將金鞭往馬鞭上一纏，發力一拉，李黑便摔了個屁股開花！

幸虧他身手捷便，總算沒讓敵人剁爲肉醬，及時坐起作戰，胡福這次反救了他，兩人這時又背靠著背，一人下巴被削了一小塊，一人股臀歪了，陳見鬼在作戰中一一看在眼裡，不禁竟在險死還生的大戰中，彎腰戟指大笑起來。

這一笑，可謂冒失至極，「砰」地一聲，背後著了一記三節棍，直往前跌了出去，幸虧她短打拳路威猛，趁機衝入敵陣，打得個落花流水，但左腳又給人劈了一劍，變成了跛腳作戰，比胡福、李黑兩人，只有更加狼狽。

這時群俠正殺得性起，萬加之、柴華路二人身上也負了數處重傷，卻依然勇猛作戰，大肚和尚力戰杭八，大佔上風，偏是「千手劍猿」藺俊龍，殺到半途，忽念適才還有一個背著張烏龜殼的討厭傢伙未殺，便挺劍趕了過來！

「鐵龜」杭八單止對付一個大肚和尚，已感左支右絀，要不是大肚和尚打著打著，忽告睏了，早已將之了結，杭八素來精似鬼，一見加了個「千手劍猿」，便回頭就走！

大肚和尚和藺俊龍，雙雙追趕，追出牢房，忽見到處白雪皚皚，北風寒颼，逆面一沖，卻不見了杭八！

兩人稍微一怔，忽聽「嗖嗖」如密雨般破空之聲，原來四周不知有多少箭矢，向他們二人射來！

大肚和尚大喝一聲，僧衣飄動，藺俊龍竟化作了千手千臂，抓一支箭，每倒射回一支，便有一聲悶哼，竟在片刻抓放了百來支箭。

大肚和尚身法，沒有藺俊龍的靈活，所幸他的肚皮，變成了盾牌，箭矢射到了他的肚皮上，如著棉花，全都被反彈了出來，有人「哇哇」慘叫，自樹上摔了下來。

要不是這番追出來的是身手高強的大肚和尚和藺俊龍二人，可是大大的險，但是這一來，對方倒了的人又換上，不消片刻，大肚和尚和「千手劍猿」藺俊龍，身上仍然著了幾箭，兩人邊撥箭接箭邊退，長此下去，仍然十分凶險。

但是兩人仍強在牢前死守不退：因爲牢外埋伏，何等凶險，如果他們一旦退開，裡面的兄弟一個不慎衝出來，豈不凶險？所以他們寧願作箭靶子也不再退返牢去。

大肚和尚和藺俊龍兩人愈打愈光火，大肚和尚罵道：「他奶奶的，操他娘的，有種放下暗器，前來打過！」

藺俊龍三把長劍，一齊抽了出來，舞得個白光金光紅光轉動，彩虹一般，風雨不透，卻不禁問道：

「喂，你這個出家人，怎麼一出口就是三字經？」

大肚和尚怪眼一翻，沒好氣地道：「你外號『千手劍猿』，我就沒問過你是人還是馬騮？」

藺俊龍居然答：「沒有！」

「哧」地一聲，又一箭射中大肚和尚的肚皮，大肚和尚這次真氣不繼，「肚皮功」無法將暗器頂回，箭簇入肉三分，大肚和尚痛得呀呀叫，狠狠地罵道：

「龜兔子，敢傷洒家的寶貴肚皮！」回頭向藺俊龍兇狠狠地罵道：「我沒問你是不是猴子，你管我當和尚的屁事！可分了洒家的神志！」

藺俊龍給他沒來由一頓臭罵，叱得心中一慌，「噗」地捱了一枚暗器，這暗器發出來的力道、勁道，都非同小可，藺俊龍左臂中鏢，劍勢便慢了下來。

要知道「千手劍猿」藺俊龍最主要的一雙快如閃電的手，而今傷了一臂，便銳氣大挫，而對方的暗器，忽有一處激烈增強，暗器不發則已，一發認穴奇準，速度奇快、手法極狠！

眼看藺俊龍就要接不住，大肚和尚佛掌一闔，將一枚疾取向「千手劍猿」藺俊龍咽喉的暗器挾住！

大肚和尚這一挾算是救了藺俊龍的性命，但覺掌心微微一痛，知道被這暗器刺著，攤掌映雪一看，卻見是一個鐵蒺藜，上面竟刻有一個小小的「唐」字！

大肚和尚大驚失色，只覺傷處已一陣痲癢，毒氣直自掌心攻上，大肚和尚忙運功護住心脈，這一來哪裡能抵擋密雨般的暗器？

藺俊龍自是奮力抵擋，但那一處的暗器，特別凌厲，加上各方騷擾，縱「千手劍猿」也抵擋不住，這時忽聽叱喝一聲，一人長身掠出，全身化作一片金色的刀光，箭矢紛紛被反彈了回去，那人吐氣揚聲，一刀斫在一棵樹幹上，大樹轟然而倒，一碩大的身形自樹叢中探出，落在地上，連雪亦爲之陷！

那使金刀的便是胡福。他救人倒是神威凜凜，護己卻有不及；他因宅心忠厚，多留意其他兄弟戰況，見藺俊龍、大肚和尙這邊危急，便認準那發暗器最強的所在，一刀斫去！

那一落地，「咚」地一聲，宛似地震一般，眾人都晃了一下，胡福、大肚都一齊大叫了一聲：

「唐肥!?」

只見雪光映照下，一人肥得宛似兩個大肚和尙合起來，半邊臉宛似被鬼魅從中劈開一般的女人，正張開血盆大口，嗤嗤狂笑：

「便是本姑娘，你們又能如何？」

大肚和尙巨喝一聲，雙掌如狂飆捲出，但掌至中途，奇癢攻心，掌力大減，唐肥一返首，「嘯、嘯」兩枚透心針，竟破掌力而入！

幸虧「千手劍猿」眼快，「叮叮」二劍，撞飛雙針，金刀胡福雙手持刀，切齒怒罵道：

「唐肥，妳，妳，妳……」他素來當唐肥是自己人，現今因氣極唐肥反叛，竟說不下去。

李黑變作一人苦戰，饒是移形換位，敵人傷他不得，但也難殺得出去，卻大叫道：

「胡福，胡福，好人不長命啊，你還要作好人啊!?」胡福被這一激，大吼一聲，一刀直劈了過去！

唐肥的體積雖大，暗器小而厲辣，胡福老實，實捋她不過，藺俊龍因護大肚和尚，無法相助，各處埋伏的官兵，拋下弓箭，實行圍剿，這時「雜鶴」施月「呼」地掠出來，見兄弟危殆，便力敵眾人。

胡福斫了幾刀，唐肥避了幾下，忽然咧嘴一笑，道：「阿福，你又何必動怒呢？」

胡福的實力渾宏，只是被氣得昏轉了頭，唉歎道：「唐肥，你們唐門，名震天下，何苦要投暗棄明呢？」

唐肥居然嗲嗲地一笑道：「是呀！」一揚手，「咻」地一隻帶鋸金環，飛旋而入，「刷」地嵌入了正與官兵作戰的萬加之後腦中去！

那萬加之在激戰中忽然腦後受創，怪叫一聲，這一聲未畢，身上已不知中了多少刀、多少槍。

「金刀」胡福見唐肥居然趁自己分心之際，出手加害了丐幫好手，心頭恨極，形同瘋虎，一刀又一刀劈去！

這一來，胡福本以深厚基礎見長，但怒急攻心，反而落個下乘，全無章法，唐肥的武功本就高過胡福，但胡福得過蕭秋水指點，正半斤八兩，唐肥因斧傷而武功大打折扣，胡福此刻也受了傷，要不是唐肥激怒了胡福，倒不易得手。

而今胡福愈怒，刀法中破綻愈多，唐肥陰陰一笑，揚手打出：

唐花！

就在這時，忽聽一聲清叱：

「唐肥！」

唐肥聞聲一震，忽見一條細若遊絲的銀鏈，半空將「唐花」一捲，「唐花」竟向唐肥倒「開」了回去！

「唐花」是唐門的絕門暗器，唐肥因懂得使，便成爲江湖上數一數二的高手，但她也不會破「唐花」。

會破「唐花」的，是唐老太太。

唐老太太年輕時有一道名震江湖的絕技，就叫做「一線銀河牽唐花」！

適才那一條銀鏈，所用的手法，顯然就是「一線銀河」！

更令唐肥驚心動魄的，不是「一線銀河」，而是那人！

那嬌小、明眸、皓齒，帶三分俏殺的女子：

唐方！

十三　玉石俱焚

「唐方來了！」

眾家兄弟，一起喊了出來！

惡鬥中的鐵星月，怪叫了起來，被敵人打了數記都不自覺。

劇戰中的李黑，精神抖擻，連傷數人。

苦撐中的大肚和尙、藺俊龍、施月，眼眶中濺出熱淚來！

陳見鬼幾乎呻吟了一聲：「只差蕭大哥不在了！」

少林洪華「砰」地一聲，一頭撞牆上，竟破磚而出，奔向唐方！

雪光下，「鐵龜」杭八悄悄掩退，邱南顧見了，豪情大發，不顧一切，發足即追！

林公子的劍和刀，又融在一起，成了一道凌厲無匹、刀劍合一的光芒！

這光芒就是如虹的士氣！

「唐花」倒飛向唐肥！

唐肥魂飛魄散，一面退一面怪叫，「金刀」胡福這次再不留情，陡地掩近，一刀——

兩斷。

唐肥死。

唐方幽幽一歎，道：「妳不該背叛唐門。就算不在唐門，也不該作出如此卑劣的事來。『神州結義』已原諒了妳，但妳不該一錯再錯。唐門還有老太太，就算沒有她教我『銀河一線』來收拾妳，上面還有個天，天也會收拾妳昔日對唐家的誓言。天也會懲戒妳對唐家的恩將仇報。」

唐方並沒有下手殺害唐肥。

她跟唐肥雖不是同一個母親生，但也情同姊妹。

唐方當然不忍。

她只是用「銀河一線」將「唐花」引了回去。

唐肥卻在驚駭中爲胡福所殺。

金刀胡福，外號「好人不長命」，他自己則也是一個寧願自己的命短一些，也不想濫殺一人的人。

唐肥的所作所為，卻使出了名的「好人」都下了殺手——一個人如果太將人趕盡殺絕，自己的下場是不是也像自己所作所為一般絕？

這點誰都不知道。

可是唐方一出現，士氣大增，局面大是不同。「千手劍猿」藺俊龍雖未見過唐方，但時常聽兄弟們說起過她，也不知怎地，唐方自有一種力量，使人要全力好好表現給她看，所以藺俊龍也豁了出去，一條傷臂，竟似好了一半。

胡福、大肚和尚、施月合藺俊龍四人之力，抵抗外敵，唐方縱高掠飄，發暗器以助，阻擋了外來的攻勢；牢內的鐵星月、李黑、林公子、陳見鬼、柴華路等，更大展神威，來個反撲，要將獄內包圍的官兵一一殲滅。獨有邱南顧、洪華二人，見了唐方歡喜過度，直向「鐵龜」杭八追了出去！

「鐵龜」杭八的武功，說高不高，說低不低，比一眾官兵，自是好得多了，但比起邱南顧這一夥兄弟，又差得好遠，而今先喪了膽氣，便沒命也似的拔足逃亡。

邱南顧發足便追，洪華因怕邱南顧出事，他惜言若金，行事審慎，所以便掉尾跟去，好作照應。

杭八在前面逃，他不大不小是個官兒，官兵見主帥在逃，也潰散了半數，杭八一面叫、一面逃，牢裡各處的官兵，便紛紛掣出兵器來兜截，但邱南顧追得極快，只聽

「嗖」地一聲，杭八便過去了，又「嗖」地一聲，邱南顧也追過去了，官兵哪裡兜截得住！

於是他們便返身進去，這樣一路上糾合，杭八逃在前面，邱南顧緊跟進去，後面是一大堆大呼小叫的官兵，而官兵後面，又有洪華一人。

洪華的輕功不高，追不上邱南顧和杭八，因怕邱南顧後路被一眾官兵塞死，便運勁全身，衝進官兵群去，拳打腳踼，一面追趕，一面令當者披靡。他輕功不高，但內功十足，官兵遇著了他這身銅皮鐵骨，只有叫苦的份兒。

邱南顧和洪華才離開了十三牢房，那邊的戰況情勢又大起變化。

本來唐方蒞現後，眾兄弟大為振奮，反過來官兵被打得東倒西歪，但是這時大理獄外火光沖天，殺聲四起，原來是駐於京城的禁軍，足有近萬官兵趕至！

這一來大理獄前前後後，被鐵桶一般密實包圍，而且入獄援助官兵的軍隊，愈來愈多，鐵星月等縱有三頭六臂、驍勇善戰，也是抵擋不住。

這時林公子所帶來的以前蕭秋水所統領的「天兵」舊部，也紛紛殺進來，這些人莫不經過沙場衝鋒殺敵，以少勝多以寡擊眾的大場面，才勉強支撐住陣腳。

而邱南顧和杭八方面，一追一逃，杭八心有計算，知道愈是入內，調防的高手愈厲害，所以往牢中心奔去，邱南顧當然緊追過去。

卻殊料到了最後第三牢，根本沒人出來援救，杭八知牢中有變化，這時邱南顧已追近，杭八急閃入最後第二層的機關牢去。

這稍一猶豫，邱南顧已撲到，一手抓住杭八的後領。

這一下杭八原就沒救了，邱南顧論力道雖不及鐵星月，但腦子精靈古怪，只有在老鐵之上，他一拎住杭八的後襟，即刻拑了起來，用力一摔，要把杭八在牆上摔個稀巴爛！

但是這一抓，卻觸及了杭八背後的護罩倒刺！

邱南顧沒料杭八有這一招救命傢伙，手心一痛，已給刺著，摔出去的力道，便驟減過半！

「砰！」杭八撞在牆上，撞得個滿天星斗，要不是他雙手按得快，只怕腦袋早撞得開了花。

杭八滑在牆上，雖被撞得個血脈翻騰，但神智未失，他對此處機關，早已因朱順水帶引，耳熟能詳，他手掌已按在一個機鈕上。

那邊的邱南顧被刺痛了手，也聽到洪華在後面拳打腳踢的聲音，他狂吼一聲，再向杭八攫來。

杭八的身體緊貼牆上，「呼」地一聲，石牆忽然嵌了進去。

邱南顧「砰砰」雙掌擊空，面前已換了一棟牆——正是原來那道石牆的背面！

就在這剎那間，杭八已逃上石槽，在另一邊旋轉了出來，他手上的狼牙棒，一棒就敲在邱南顧的後腦上！

邱南顧慘叫一聲，這時洪華剛殺入這密室，也大吼一聲：

「小邱!!!」

杭八駭然回首，只見密室入口處背著陽光有一名光頭赤精的大漢，心下一凜，正在這時，邱南顧以他過人的生命力回擊！

他反手鎖住杭八的咽喉。杭八退了一步，避不開去，卻踩著了地上的機關！

杭八力掙未脫，狼牙棒又嵌在邱南顧腦後，無論他怎樣掙扎，邱南顧始終緊緊死拗住對方不放。

洪華眼見此情景，並是眶眥欲裂，猛衝進去，不料頂上一桶沸油，直倒了下來。

他輕功不好，又心神盡喪，眼看便要被沸油淋得個身焦體腐——

這時邱南顧的第一聲慘嚎，正好傳入蕭秋水耳中！

蕭秋水猛地一震：是小邱的聲音!?

就在這時，他猛感胸口「神藏穴」上一痛！

但是他已醒覺，立刻以「木頑」之法，將「神藏穴」硬生生離開三寸！

這時朱順水的第一爪已入肉三分！

蕭秋水驟然出手，這一招，沒有名目，是他老早在當年「振眉閣」中長廊上被暗算時，便已稍具雛型，而在他闖蕩江湖的過程中，每次遭受暗算時都不斷孕育形成的一劍！

「驚天一劍」！

驚天第一劍，後發而先至。

蕭秋水以於山人的寶劍「如雪」，發出這一擊。

一剎那間，光耀全室。

朱順水的右手已入肉七分。

但也在這瞬間，朱順水的五指齊斷！

他的另一隻手，也抓住了劍身。

「崩」地一聲，「如雪」折而爲二！

這時洪華的狂嚎：「小邱！」也傳入了蕭秋水的耳中！

蕭秋水不知哪來的力量，狂喊了一聲：「兄弟！」他的左手又拔劍！

蕭家古劍：「長歌」！

就在這心急如焚的剎那間，蕭秋水腦中忽閃過燕狂徒攻擊朱順水時那玉石俱焚般的氣勢！

他突然創出了這一招劍法！

「玉石俱焚」！

朱順水狂嘶，退出八尺！

若不是蕭秋水尚未熟習這招，朱順水萬萬逃不過去！

蕭秋水胸口的疼痛，卻完全沒有感覺，他嘯了一聲，直掠出了石壁，直撲邱南顧發出慘叫之聲處！

就在這時，他也感覺到那最後一道原本是「塞外雙盲」把守的石室中有人！

但他此時已不及理會。

——小邱，小邱他怎麼了？

——那一聲慘叫……

此際他的輕功是何等之快，但就在他全力掠出時，心頭上忽然有了一種感覺。

彷彿他遠離了什麼他所景仰的東西；彷彿他自己失手跌碎了他心愛的花瓶的那種感覺……

他已無暇顧及。

那最後一道石室，黑暗中的那人，正是「神行無影」裘無意。

這時他已潛入最後室中，而且正好要湊眼看牢中心的情形，就有一個人，衣襟濺血，飛掠了出來！

這人掠出來的聲勢，真是非同小可！

裘無意也是江湖上頂尖兒的高手，居然能在這剎那間，認清楚是蕭秋水！

他曾在長板坡之役見過蕭秋水，——蕭秋水作爲後起一輩的年輕高手，武功已高得出奇——而今卻單只是這一下聲威，竟令叱吒沙場、名動武林的丐幫幫主裘無意也爲之震動！

就在這一震之間，蕭秋水的巨影已在暗室中消失！

蕭秋水一走，裘無意驚疑未定，卻瞥見在那牢中心內的朱順水看著自己的斷指，臉上露出一種十分不可置信的表情來。

這不可置信的表情延續了一下，朱順水便嘿嘿狂笑起來，只震得火光晃動，也照得他臉上的笑容十分詭異，只見他雙目凝望著自己的五隻只剩半截的手指，喃喃自語道：

「好！好！好個蕭秋水！好厲害的蕭秋水！」說著哈哈狂烈地笑了起來，也不知是因爲笑還是因爲痛，全身抖動了起來，只聽朱順水嘿嘿地笑道：

「你走，你走！你可知道你中計了？……哈哈哈……」他用那隻尙完好的手背，退至牆壁，敲了幾下，裡面竟發出空洞的聲音：

「你可知道……你們想救的人……還在這裡……哈哈哈……這石室中心裡，還有石室……」

裘無意聽到這裡，眼睛亮了，他心裡狂喊道：天可憐見，教我知道岳將軍還在這裡……卻聽朱順水近乎瘋狂地笑道：

「蕭秋水……你武功是高，但江湖經驗，還比不上我老朱！……你也不想想，岳飛要是不在這兒，派我這樣的重將來守在這裡，淨是在此地喝酒吃飯的麼!?哈哈……」

裘無意聽到這裡，再也按捺不住，「刷」地飛身進去，朱順水是一代高手，立時警覺，霍然回身，裘無意若在此時出手，定可擊殺朱順水。

只是他不屑如此做。

裘無意喝道：「朱順水，快放岳將軍出來！」

朱順水「格格」乾笑了兩聲，臉肌不動，道：「我道是誰，原來是……」

這時外面喊殺沖天，裘無意知事態緊急，上前一步，跨過火舌，又叱道：

「快放岳將軍！」

朱順水望了望自己的斷指，道：「岳飛不在這兒，他……」

裘無意臉孔一板，截道：「胡說！你剛才的自言自語，我都聽到了，快打開機關！」

朱順水臉色一變：他估量裘無意的武功，跟自己不相伯仲，裘無意也曾受過重傷，但自己卻是新創，加上一隻手給廢了，這一戰下來，實凶多吉少，當下道：

「裘幫主，就算我放了岳飛出來，你能夠帶他逃得出這裡麼!?」

裘無意再上前一步，大喝一聲：「你放不放？」

朱順水忽將臉色一變，道：「裘幫主，靠凶的麼!?我老朱可不是唬大的！」

裘無意倒是一怔，不料朱順水在這等情勢之下，居然還有膽氣跟自己相持，裘無意竹杖一揮，發出破空「嗤」地一聲，道：

「朱順水，你再不放人，我可要動手了！」

朱順水冷笑道：「我受傷在先，你此刻動手，便是要撿我便宜！」

裘無意歎道：「若換作平時，我當然待你傷癒再較量，但今時的情勢，卻也由不得了……你還是少來這套吧！」

這時火光在地上熊熊而燒，外面殺聲震天，朱順水冷冷地道：「既然如此，還等什麼！」

裘無意見朱順水態度驀然如此強硬，不由怔了一怔，就在這怔得一怔的霎息間，朱順水「呼」地攻出一爪！

這雖是簡簡單單的一爪，但五隻手指，各拿裘無意身上五處不同的穴道。

裘無意本可接下這一招再作還擊的，但他不想這樣做，因爲朱順水只有一隻手能用。

如果裘無意以一隻手換下朱順水的一抓，另一隻手反攻，那朱順水就只有挨打的份兒。

裘無意雖亟欲救岳飛，但卻不想趁人之危。

他也本可以側身避過，但他也不敢這樣做。

朱順水是一流高手，若將破綻賣給這種絕世高手，恐怕就沒有下次了。

所以裘無意既不能接與還手，又不能以欹側彎倒來避開，只好退了三步，讓開來勢。

他退第一步時，什麼也沒發生。

他退第二步時，已避開了朱順水的抓勢。

但他退到第三步時，背心一疼。

他的第三步已退了出去，不及收回了。

於是「噗」地一聲，他看見了一樣東西，自他胸腹間凸了出來：

劍尖！

裘無意沒有厲呼，也沒有慘叫。

他只有憤怒。

他被朱順水騙了。

在這一刹那，他的恚怒無可底止。

朱順水卻笑了：

「你錯了。我在這裡並非一人自語，而是對著這位康老弟說話。」

原來康劫生並沒有走。他就躲在石壁凹隙間，這石壁乃靠牆的一邊，所以裘無意自石縫中窺望時並未發現。

康劫生爲人十分精靈，他知道憑他的武功，絕殺不了裘無意，就算是自背後暗算，也恐力有未逮，所以他暗示朱順水，只把劍緩緩地伸到裘無意身後，不帶一絲風聲，要裘無意無從醒察，並誘他自行撞上來。

朱順水一見康劫生如此，如服下定心丸，便故意出手，明知裘無意是俠義中人，不致趁人之危，只有退避一途。

裘無意果然中伏。

康劫生的劍，刺穿了裘無意的腹腔。

朱順水笑道：「裘老，您還是認栽的好，放心去罷。」

裘無意點點頭，疲倦地道：「我看錯你了。」

朱順水揚眉道：「哦？」

裘無意道：「我以爲你朱順水畢竟是個人物，原來是個卑鄙小人！」

朱順水笑道：「你還未死，難道你想少了舌根才去見閻王？」

裘無意慘笑逕自道：「你這種人也配稱『天王』，真叫江湖上英雄笑歪了嘴！」

朱順水怒道：「再說，再說我真的拔了你的舌頭！」

裘無意冷笑道：「我怕就不說了。」

朱順水一個箭步，一爪拑住裘無意的下頦，用力一扯，下巴立刻脫了臼，但就在此時，裘無意的綠竹杖，也刺了出去！

朱順水何等精靈，早有防備，順勢一讓，便避過這一刺，笑道：

「裘老，你這些技倆，簡直是班門——」

他的話太得意了，可惜還沒有說完。

因爲他驀然驚覺裘無意的那一杖，招路突變！

那一杖看來是要刺他個透明窟窿，其實卻是打向他的傷指。

傷指是朱順水的最弱一環。

朱順水發覺時，已來不及抽手。

受傷的手，總是轉動不靈，饒是朱順水這樣的高手，也不例外。

但是朱順水是頂尖的高手，應變自有過人之能，在這等緊急情形之下，居然另一隻手及時一捉，捉住綠玉杖！

他的反應不可謂不快，可是他錯了。

他一隻手受傷，一隻手抓住綠玉杖，但裘無意還有一隻手。

而且裘無意將他的綠玉杖放棄了：無形中也等於裘無意多出來了一隻手。

他雙手抱住朱順水，用力一摟。

朱順水是何等人物，知是生死關頭，強力穩住步樁，裘無意竟箍之不動。

可是這時候，裘無意所等待的「助力」果然來了！

康劫生一見裘無意居然還能反擊，心慌之下，自然將劍往前一送！

這一送原以爲能扎進裘無意體內深些，即時要了他的命：但是裘無意就是等待這「將劍一送」。

他知道憑他的智慧、武功，以及現在的體能，最多只能抓住朱順水，要殺此人，還有待康劫生。

康劫生這一挺劍，劍身穿過裘無意足有一尺餘，直至沒柄，但這尺餘的劍尖，也有半尺，刺入了正站在裘無意對面的，而且正在運力不讓裘無意拖過來的朱順水胸中！

這一刺突如其來，朱順水一感刺痛，真氣頓弛，裘無意吐氣揚聲，一把將他摟了過來。

「嗤」地一聲，尺餘長劍，全刺入朱順水體內，還有半尺左右的劍尖，破背而出。

朱順水這下，可謂驚駭莫已，楞了一下，才知道怎麼一會事，而康劫生也怔了一下，才知道是刺中了朱順水，於是連忙抽劍。

可是這劍抽不得：——朱順水深知自己的傷勢，可以說是一抽便死，所以他的綠玉杖，立即刺了出去，「哧」地戳中康劫生的「鼻樑穴」！

這一下正中死穴，康劫生果然呼叫不及，便已倒地而歿，那柄劍亦因而沒有抽出來。

可是就在朱順水發杖刺著康劫生的剎那，裘無意雙手已戳中朱順水的「紫宮穴」和「神室穴」。

朱順水長歎一聲，他的嘴角溢出血來。

裘無意也長歎一聲，住了手。

朱順水道：「好啦，你，我，兩個人，都活不了啦。」

裘無意道：「你虞我詐，到頭來，還是一死。」

朱順水道：「不過你死了，丐幫就完了。這叫死得不情不願。」

裘無意淡淡地道：「我死了之後，自有丐幫英才接下去殺奸臣亂黨！」

朱順水冷笑道：「你死了之後，還會有丐幫？朱大天王和權力幫，隨時都可以把丐幫吞滅掉。」

裘無意也冷笑道：「要吞沒也是權力幫的事，你死了，七十二水道，三十六瓢水寨，自然煙消雲散。」

朱順水哇哈大笑道：「到現在你還以為我是朱大天王？」

裘無意駭然道：「你……」

朱順水怪笑，一面笑一面咯著血，道：「朱大天王是朱俠武，我只是個幌子。」

裘無意聽了，口中一甜，連吐了三口血，原本他的氣息比朱順水強，但此刻喘息已一般急促：「朱……朱俠武……!?」

這時地上的火光，也至油盡燈枯之際，只剩下青藍色的火苗，忽忽地閃動著，很是無力。

好一會兒，裘無意才勉強道：「你若知道我是誰，便不會在我瀕死前如此接近我了。」

朱順水本想忍著，但最終還是禁不住要問：

「你究竟是誰？」

人至少想知道自己究竟是死在誰的手裡；他們兩人幾乎是緊貼著，被一支劍串連一起，在旁地上有兩個死人，是康出漁父子倆。地上火光一明一滅，映得瀕死前強撐笑容的兩大高手，十分可怖。

外面依舊喊殺連天。

裘無意強撐道：「我是宗老將軍舊部，人稱『九命將軍』……」

朱順水失聲道：「『拚命九將軍』裘西門!?」

裘無意苦笑道：「你若知道我就是裘西門，你絕不會大意到我未斷氣之前就走近我的身邊。」

朱順水搖首道：「是，我的確太大意、太得意了。」因為「拚命九將軍」裘西門，當年奮戰沙場，衝鋒陷陣，攻城掠地，以拚命出了名，幾次混身浴血，皆能殺盡敵人而不死，故人稱「九命將軍」。

裘無意強笑道：「在當陽之役，我受燕狂徒重擊而居然不死，還服了一枚『無極先丹』，你想等我先死，只怕……」

朱順水喘息急促，但說了一句話：

「可惜你忘了一件事。」

裘無意臉色一變，他已想起了，可是朱順水還是硬要說出來：

「岳飛……他就困在牆後……沒有人……能救他……塞外三冠王，就在風波亭……對救岳飛的人，見一……殺一……」

裘無意聽到這裡，直如晴天霹靂，所有的鎮靜，都已失卻，大呼道：

「將軍——」

用力往背後一拔，「嗤」地一聲，血水飛濺，他想拔出劍而脫離朱順水的身軀，但劍一拔出，精氣已盡，兩人反而緊靠在一起，跌到地上去，再也沒有了聲息。

這時只剩下一點點的藍焰，被二人身體一壓，也滅了火苗。

石牢回復了一片黑暗。

外面風雪狂號。

十四　風波亭

蕭秋水聽得了第二聲洪華的大叫，使全力掠出牢外，也沒留意裘無意就在黑暗石室中。

他掠到了那機關密室中，洪華才走了那幾步，沸油正當頭淋下，洪華不及避躲。

蕭秋水大喝一聲：「洪華！」飛撲而出，「砰」地撞飛了洪華，他的人也收勢不住，跌了出去！

然後他便聽到兩人的慘嚎聲。

——其中一人，竟是小邱！

蕭秋水用掌一按牆壁，已將去勢消盡，閃電般折回室中，只見二人糾纏在一起，早已被沸油灼死，其中一人，便是邱南顧！

蕭秋水發狂地狂喊了一聲：

「小邱！」

一掌打飛了杭八的屍身，抱住了邱南顧。這時邱南顧身上的沸油仍極燙，蕭秋水在悲痛之餘，也根本沒運功抵禦，被灼傷數處，但他渾然未覺。

在這一剎那，蕭秋水有很多感覺：他想起昔日在甲秀樓時，邱南顧和鐵星月出現的情形，想起那烏江之役時所濺起的水花，想起邱南顧「鐵口」與人鬥嘴的情形，想起華山重逢的歡悅，麥城抗敵的悲豪……可是他懷中的人，已經沒有了生命，沒有了回憶，沒有了一切一切，來不及挽回一切一切……

洪華這時又衝了進來。

邱南顧死了，他固然悲傷，可是他沒有料到，竟在這時候，看見了蕭大哥！

——蕭大哥!!

官兵愈來愈多，群俠已漸漸支持不住了。

就在這時，官兵方面，又多了兩個強援。

騰雷劍叟和斷門劍叟。

這兩個劍叟，一個一上來就找上了「千手劍猿」藺俊龍，一個纏住了柴華路。

「千手劍猿」本已手忙腳亂，但見斷門劍叟纏了上來，劍法奇佳，好勝心大起，便與之搏劍，但身上又多了旁人趁機偷襲的傷痕。

藺俊龍喝道：「老不死的，有種的跟我平時打過，現在逞不得英雄……」

斷門劍叟聽著便收劍道：「好，等一對一時，再跟你比過。」但一時他又不知攻誰是好，在丹霞山之役中，這些人裡不少跟他都共患難過。

騰雷劍叟雖僅剩一臂，但劍法不減，將柴華路迫得手忙腳亂，李黑搶身過來救，一腳勾中騰雷劍叟雙腿彎裡的「委中穴」。

騰雷登時一軟倒下，但是李黑這一分神，十七八個凶神惡煞的禁軍，刀槍齊下，眼看李黑便要沒了性命，就在這時，只聽霹靂一聲，一劍飛刺而下，居然連出十八劍，還快過官兵們一槍刺下的速度！

那十七八人手上「靈道穴」一齊被刺，兵器「嗆嗆瑯瑯」，紛紛落地，李黑瞪大雙眼，張大了口，叫道：

「大哥！」

這一聲叫喚，使群英大震。

一時間，眾俠抖擻精神，蕭秋水以觀柳隨風武藝時所悟即創的快劍：「閃電驚虹」，連創數十人，士氣大振，胡福金刀虎虎橫掃，邊大叫道：

「大哥，你來了！」

鐵星月猛抓起一個人，當作武器橫掃出去，嚷道：「你他媽的可來了——」

話未說完，忽見洪華，就木然站在蕭秋水背後，雙手橫抱住一人：

鐵星月摧心裂肺地叫了一聲：

「邱鐵口！」

當下不顧一切，便奔了過來，其他群俠，也驚見邱南顧之死，悲憤若狂，殺出一條血路，直向蕭秋水、洪華、邱南顧屍身處奔赴。

藺俊龍雖然一把年紀，但對蕭秋水甚服，他沒注意到邱南顧死了，只管喊道：

「大哥，你來了，我這可見到你的心上人了，好漂亮唷，白白、美美、雪雪……唷唷！」

最後「唷唷」一聲，不是形容，而是屁股捱了一刀所發出的聲音。

蕭秋水精神一震，陡問：「唐方？」

——唐方也在？

藺俊龍一怔，陳見鬼尖嚷道：

「唐方姊已來了！」

——唐方唐方妳來了？

蕭秋水大呼道：「唐方妳在哪裡？」

「我在這裡。」

只聽一個清脆的聲音直如冬天的冰給春陽溫暖的小手敲破般柔美。

蕭秋水望過去，千人萬人中，只望見了她的笑靨。

——唐方！

蕭秋水再也不理會，直奔了過去，他雖然已忘了敵人，忘了攻擊，也忘了抵擋，但他身上自然產生了一種迫人的氣勢和氣流，將要潛近刺殺他的人全部激撞出去，這便是「我無」一訣的極致。

然後他奔到了唐方的面前。

就在這時，火光大熾。

喊殺震天中，又來了一群人馬，反抄禁軍的背後，箭矢、縱火、狙擊，將禁軍鐵桶也似的包圍，打開了一條血路。

原來是裘無意原先安排掩護撤退的武林人物，與丐幫的好漢聯同一起，兜截禁軍後部，好讓救岳將軍的武林高手，能安然出來。

這一來，禁軍陣腳大亂，但是東南方蹄聲大作，火光如日，顯然又有另一批軍馬掩至！

蕭秋水見到了唐方，只見她雙頰如雪樣般白，有幾朵雪花，落在她髮髻上，蕭秋水渾忘身邊的血影刀光，便想用手去替唐方抹拭。

但是他這才想起跟唐方其實並不很熟。只是在浣花劍廬至湘湖江畔一帶時，兩人把短短幾日相聚，當作了七世三生。在所有往後的離別中，兩人更覺得只有深切的懷念。而如今真個見到了，卻不知說什麼是好。

一忽兒，蕭秋水才想起，便問：「妳的傷……好了？」

唐方燦然一笑。蕭秋水忽跳了起來：「我……我要走了！」

唐方一下子接受不了這句話，怔了一怔，問：「你……你去哪裡？」

蕭秋水道：「岳元帥……已押送風波亭問斬途中！」

唐方臉色煞白一片。兩人這才發現，在這短短幾句對話中，已不知有多少官兵向他們掩殺過來，要不是幾名兄弟在那兒苦苦抵擋，他們早已不在人間了。

只聽兵刃交擊中一女音叫道：「蕭大哥、方姊，快走……」原來正是伊小深，帶人殺了進來。蕭秋水一點頭，返身帶領兄弟們，殺出了一條血路。

這時局勢十分混亂，丐幫弟子闖了進來，分散了官兵們的主力，反而被蕭秋水等輕易擊潰。陳見鬼建議道：「不如放把火，燒個乾淨，讓官兵忙著救火也好。」

蕭秋水搖首道：「這樣會把牢房裡的犯人也無辜燒死的。」

鐵星月淚流滿臉，罵道：「燒死就燒死，他們殺了小邱，最多大家一齊死！」

胡福宅心仁厚，堅決地道：「不行！冤有頭，債有主，不可如此！」

李黑眼睛骨溜溜一轉又道：「不如過去把人犯都放出來，讓犯人自己逃獄去，官兵有得忙了，豈不是好！」

洪華這時說話了：「有些犯人真的是犯了罪，如此放了，豈不作孽？」

唐方道：「犯人逃出來，手無寸鐵，會被以爲是我們一夥，反而加治重罪，忒害了他們！」

他們一面打出血路，一面大聲交談著，仍是那一股決戰沙場的豪氣。他們衝出大理獄時，軍馬已經馳近，蕭秋水喝令「化整爲零」，各部武林好漢，分批而逃。這一來，官兵亂作一團，不知道追哪一批是好。

蕭秋水領唐方、鐵星月、大肚和尚、陳見鬼、李黑、胡福、藺俊龍、洪華、施月、林公子、柴華路這一批，自暗巷中且戰且走，最後被巷戰中所伏的箭矢傷殺了柴華路，只剩十一人，終於殺出了臨安城門。

十一人落荒而逃，奔了一陣，眾人都有些支持不住，蕭秋水暫停趕程，只見城中火光映紅了天，城門巍峨，有兩個樵夫般的老年漢子出來觀看，一個瞇著滿是魚尾般的眼睛，乾澀地道：

「怎麼啦？是金賊殺進城裡來了？」

另一個沙嘎著聲音道：「殺進城裡來了？哪還打什麼？我們朝廷的大官可不是早就準備開門相迎嗎？」

那原先的老人想了一想，道：「大概不是金賊，而是韃子吧？」

那第二個老人嘀咕道：「反正都一樣，這塊肉誰見了都不免要分割一點，這塊肉也樂得給人宰割。」

第一個老人這才瞥到蕭秋水等一群人，怕是官兵或是賊兵，忙扯了扯他朋友的手暗示他不要多說，他朋友卻是火爆脾氣，反而更大聲道：

「怕什麼！官也苛稅，賊也苛稅，管也死，不管也死，有什麼大不了的！」

那老丈唉聲低語道：「就怕人家要你求生不得求死不能呀……還是回去喝酒吧。」

第二個老人才悻悻然被第一個老人拖進茅屋裡喝酒。這時雪地上只剩下蕭秋水等一群人，雪愈下愈小，但積雪愈來愈深。

洪華將邱南顧的屍身置於雪地上，只見他一邊臉頰，被那遙遠的火光映得慘紅一片，一邊的臉頰，卻給雪光映得慘白，大肚和尚跪下來，喃喃道：

「小邱，小邱，你別逗了，快張開眼睛罷。小邱，小邱，我知道你是個英雄好漢，咱們多少仗都打過了，這小小的仗，我知道你決死不了……你絕對死不了的！」

邱南顧當然不會回答。幾朵雪花飄落在他臉上，他也不曾動彈一下，他確已死了。但大肚和尚始終不相信他已經死了。

所以大肚和尚說：「你不要死了好不好？」他說著嗚咽跪下來，說：

「我們不要再玩了好不好？你快醒來吧，不然，我們之間又要少掉一個人了。我們不是說過要一生一世，跟隨著大哥嗎？」

鐵星月「嘩」地一聲，大哭了起來，悲聲道：「小邱你不要死，我……我不再跟你罵架了，沒有你來拌嘴，叫我普天之下，又跟誰罵去……」

北風在遠方，還餘剩下一點呼嘯，大地視野，漸漸可見，可是陽光也是深寒的，融不開那雪……

大肚和尚仍是不肯相信，邱南顧已經死了，所以他逕自道：「一定是我跟你罵架太多，念經太少，你才不甘願起來，我要爲你念一千遍經文，你便會起來跟我說話了。」大肚和尚說著，便在雪地上低首合什，第一次虔誠地念起佛經來。

唐方也哭了，深埋在蕭秋水的臂彎裡。

蕭秋水輕輕拍了拍唐方的肩膀，唐方離開了蕭秋水身體，只見蕭秋水那如眺遠山的眼神……

蕭秋水跪了下來，他的胸膛還在淌著血，他叩了三個頭，雪地凹陷了一塊下去。蕭秋水一字一句地說：

「小邱，你瞑目吧，你未做完的事，我現在就去做。」

然後他霍然站起，眾人看去，只見他雙鬢竟開始有霜白，只聽他說：

「岳元帥已被押解到風波亭，我腳程快，先走一步……你們葬好了小邱，立刻趕去！」

蕭秋水說完這句話的時候，站起來握住唐方的小手，問：「妳去不去？」

唐方千言萬語，都無從說起，一時覺得很苦楚：「老太太不會讓我出來……這次她老人家答允我最後一次……」

蕭秋水說：「我要救岳將軍。事了之後，毋論天崩地裂，我都會找到妳。」

這幾句話他說得如冬雷震震夏雨雪，天地合，乃敢與君絕一般斷冰切雪。說完之後，他的人已在尋丈之外，只聽他的一聲話語，仍在風中傳來：

「妳等我。」

那聲音震得樹梢的一條冰柱，「卜」地脆落跌碎，銀花花的冰片濺得一地都是。唐方美目含淚地拾起了一塊，很快的那冰化成了水，在白白的小手間融化不見了。

風波亭大雪。亭上、亭內、亭外，都一片皚白。

一部囚車，正軲轆軲轆地到了目的地，那四個馬上的人，都一齊翻落了下來。前面馬上一人，是名武將，他翻身落地時，凜然有威，落地時幾乎雪陷齊膝。這人步伐極大，每跨一步，即如常人跨三步之遙。

但他後面三人，卻正好相反。

這三個人，一個是枯瘦老人，又矮又小，彷彿給白雪一蓋，他都會消失無踪。另一個是老太婆，眼色裡有說不出的孤傲之意，雖身著粗布衣，卻宛似一品夫人般的氣態。另一個人卻是個小孩子，紮沖天辮子，樣貌甚是可愛。

這三人中的老頭子，落下地去時，雪地上只有如鳥瓜一般一抹淡淡的痕印而已。三人中的老太婆，她從馬背上翻落下地來，一直到她走路爲止，雪地上連一點痕跡也沒有。

那個小孩子，卻如正常人一般，踏下不深不淺的兩道腳印，就似平常走在泥地上一樣。

一直到他走進那亭子時，他的腳步踏上那堅硬的石板上，依然留下了兩個不深不淺的腳印，就像平常走在泥地上一般。

那個武官，對押囚車的數十名兵卒，態度十分粗暴，但對他身後這三人，卻萬分恭謹，彷彿只要稍微惹怒這三人，就會吃耳光一般。

而他現在就真的吃了耳光。

「啪」！那枯瘦矮小老頭，緩緩地收手——卻沒見他出手，聽到巴掌響聲時，他已摑了那官將一巴掌，正慢慢地收手，一面罵道：

「你奶奶個熊，怎麼不先派兵駐在這裡！難道不知道車中的欽犯是人人亟欲得之的麼!?」

那武官在朝中原也是有名的要將，姓楊，名沂中，秦檜令之在「風波亭」中監斬岳飛，他對這三個秦相爺的上賓，畏如蛇蠍，只怕稍有得罪，自己丟了官還不打緊，連累了一家大小，可就吃不了，兜著走都走不了了。

但那一巴掌受得實在太冤，他只得苦著臉道：「是，是，不過……」話未說完，「啪」地臉上又著了一巴掌，這回動手的是那老太婆，可是那老太婆看起來壓根兒沒動過手，也沒有把手抽回來。

她的手就一直放在她雙袖裡，神色冷傲，如冬雪寒梅，孤綴枝頭。

只聽她聲音也孤傲如梅，冷冷地道：

「你既無置兵此地，還要強辯什麼『不過』？」

楊沂中真可謂有冤無路訴，只囁囁道：「是……是……但是……」

那老婆子銀眉陡地一揚，叱道：「既是，又『但是』個什麼勁兒!?」

楊沂中更畏懼，囁嚅道：「不是，不是，是，只是……」

那老婆子白眉又是一揚，忽聽亭上一個聲音甚是動人韻味地道：

「只是他真的有駐兵在這兒，而今卻不見了。」

楊沂中張大的嘴巴，那老頭子的頭，疾往上揚了起來，老婆子銀眉又是一聳，那小孩子卻笑嘻嘻，蹲下來拿了一根枯枝，在石板地上所鋪的一層淺雪上畫圖畫。

老婆子冷笑道：「江湖上能夠躲在我們三人頭上，而不被發覺，聲音又如此年輕的，除了趙師容，還會有誰？」

只聽那如銀鈴般過去的淡淡笑聲道：「真的，不會再有誰了。」一人飄然而下，落入亭中來，並行禮廝見。

這女子橙色紗衣，臉上卻略露風霜。那枯老頭疾喝道：「趙師容，妳好好的權力幫壓寨夫人不當，跑到這兒來，爲的是什麼？」

趙師容嫣然道：「爲的還不是一睹『三冠王』的風采。」

枯老頭和老婆子一齊大笑起來：「不是罷？爲的是這囚車吧！」

趙師容依然笑道：「能把『三冠王』從關外請動來此地的事兒，我也關心得很。」

那老婆子冷冷地道：「那妳站在哪一條道上？」

趙師容道：「請求三位高抬貴手的道上。」

老婆子斷然道：「不行！受人之托，忠人之事。秦相爺待我們不薄，岳飛不能放！」

趙師容的語音也冷了起來，淡淡笑了一笑，笑意有說不出的譏誚：

「沒想到關外『三冠王』是如此是非不分，好歹不識的人！」

原來這關外「三冠王」，便是本故事《英雄好漢》中所提到的天下輕功第一、第二和第三的三人，即「百里寒亭、千里孤梅、萬里平原」三人。

其實三人之中，「萬里平原」正是三冠王最名符其實的一人，他不但輕功居首，內功和劍法，也是冠絕關外，所以有人說，這關外三冠王中，最主要的冠王，要算「萬里平原」一人。

十五　三冠王

那枯老頭陡地叱道：「跟這種妖婦多說什麼，師姊，讓我把她給大卸八塊再說！」

趙師容微笑道：「寒亭君，你清健勝昔，可惜鈍根依然未除，你想我都來了，若沒有把握的話，敢顧礙三位前輩嗎？我哪有這個膽子唷！」

百里寒亭臉色一沈，四顧道：「李沉舟也來了!?」

趙師容笑而不答。那老婆子厲聲道：

「權力幫究竟伏下了多少人，一一滾出來吧！」

趙師容吐言鶯鶯嚦嚦：「他們又不是絨毬，幹嗎要滾出來，要出來的時候，他們自會出來，孤梅姊姊又何必心急呢！」

——若這老婆子便是「三冠王」中輕功數第二的「千里孤梅」，那小孩子莫非就是「萬里平原」？——關外三冠王之首!?

只見那小孩子仍是聚精會神地在地上劃那雜七雜八的圖畫，卻淡淡說了一句話：

「不可能。」

趙師容故意道：「嗯？」

那小孩子眼皮子都不抬，說：「李沉舟一路上還阻擋人前來救岳飛。他想藉岳飛之死來造成他逆軍的超然地位，他不會來救岳飛。」說到這裡，他停了一停，他手中所拿的枯枝，也停畫了一下，然後才說：

「就算妳來，李沉舟也不知道；他若是知道了，想必不允——所以只有妳一人孤身前來。」

他平平淡淡的說話，說完了最後一句話之後，才淡淡地抬頭，掃了趙師容一眼。趙師容只覺兩道冷電也似的奇異眼光，直看到她心內去，而那眼光使她不寒而慄，恨不得把被他看過的地方剜下來不要了。

——這人的形貌只不過是個愛塗鴉的小孩子而已！

可是他卻是「三冠王」之首：「萬里平原」。

蕭秋水提氣直奔，奔了好久，風雪迎面狂嘯吹來，他整個人都沾滿了雪花，但雪花又在瞬間蒸發了，消失了。

奔了一會兒，蕭秋水知道風波亭已經近了，但是他渾身也濕透了，不知是汗水，還是雪水？

蕭秋水在疾馳中忽張手攫住一枝松幹，巧妙地將急奔不能遽止的身形，穩了下來，且把餘力卸去，他喘息了一下，才發覺自己喘息得很不正常。

他好久沒有喘息得如此急促的了。

就在這時，他發覺那松幹上有血。

血是溫熱的。

他這才發現血是他的。

血是從他胸膛上流出來的。

他在石牢中曾與朱順水一戰，他雖削掉朱順水五指但也受了他一爪。朱順水的爪功，端的是非同小可。

要救岳飛，必定還要有一番惡鬥，在受傷之餘，此趟赴役實在不智。——但一想到救岳將軍，蕭秋水就連歇息都靜不下，便即要趕程。

忽聽一個略帶疲憊的聲音悠悠道：

「你不要急。現在趕去，還來得及。」

蕭秋水霍然一震，只見白皚皚的雪地上，一個白衣人端然趺坐，神態悠閒，目負大志，眉如遠山……卻不是李沉舟是誰！

李沉舟淡淡一笑，笑容裡有說不盡的倦意，又道：「囚車隊剛過去不久，大概還沒有行刑。」

蕭秋水澀聲道：「李幫主……」

李沉舟道：「叫我李沉舟。」

蕭秋水沒有再叫，也沒有再說話。

雪微微飄，有一陣，沒一陣，兩人身上都沾滿了雪花。

良久。蕭秋水道：「我要去救岳元帥。」

李沉舟點點頭道：「我知道。」

蕭秋水問：「你要不要一起去？」

李沉舟搖首，笑意十分疲乏：「我不去，你也不要去，岳飛死後，你來當我幫中的總管，三個月以內滅宋，三年以內退金，你看可好？」

蕭秋水喉頭裡熱血一沖，澀聲道：「幫主，權力幫若真有心抗暴，蕭秋水誓死相隨；但岳元帥是我方重將，是力主抗金的英雄，何不先救出他來，以助復國之業？」

李沉舟皺眉，然後一舒，簡簡單單地道：「不行。」

蕭秋水一怔，問：「爲什麼!?」

李沉舟淡淡地道：「有岳飛在，天下英豪，唯他馬首是瞻，權力幫近年來實力大減，爭不過他，而岳飛只知愚忠於當今皇帝，不可能助我們這一邊。」

蕭秋水光火了，大聲道：「其實又分什麼這邊那邊？大家都是抗金拒暴，救萬民於水火之中，又何庸分彼此？」

李沉舟的眼神驀然變了。

變得如一個狂熱的畫家，在看著他剛完成的最得意之作品一樣的神色：

「你錯了。大丈夫不可一日無權，人生在世，當位在萬人之上。」

蕭秋水回了一句：「九天之尊與凡人又有何不同？只要快快樂樂過一輩子，又何必一定要稱王稱帝？」

李沉舟雙拳忽然緊了一緊，然後他放鬆了，笑了，道：「你和我，本就是兩個很不同的人，只在某些地方又很相像罷了。」

蕭秋水道：「也許我們本就是同一個人。」

李沉舟搖首道：「如果我不跟你去救岳飛，或不讓你去，那就很不同了，是不是？」

蕭秋水昂然道：「李幫主，你在我心目中，一直是個了不起的人物，少時我一直想：燕狂徒、李沉舟、朱大天王，真是中原武林三冠王，我在峨嵋初見您，也有朝聖者的心意……你若真是英雄，就該讓其他的英雄活下去。」

李沉舟沈吟半晌，斜睨著他，問：「你是指：讓岳飛活下去？」

蕭秋水斬釘截鐵地道：「是。」

李沉舟淡淡一笑道：「救了岳飛你就寧願投入我麾下？」

蕭秋水軒然道：「好。只要那沒違反『神州結義』的原則。」

李沉舟點點頭道：「這誘惑的確不小；」他笑笑又道：「不管哪個幫會集團，有了你這種人，和你那班兄弟，都很不得了。」

蕭秋水誠懇地道：

「萬望幫主一起救岳將軍，這樣做，是英雄、好漢義所當為的事！」

李沉舟淡笑反問：「這是你入幫的第一個建議？」李沉舟笑笑又道：

「你剛才說我該讓真正的英雄活下去，我初見你時，你實力未足，原可一出手就殺了你，可是我沒有那麼做。」

蕭秋水傲然道：「這個當然。」

這話倒令李沉舟一怔，反問道：「為何當然？」

蕭秋水儼然道：「因為我若是『君臨天下』李沉舟，我也會讓後一輩能有機會起來。」

李沉舟呆了一下，忽然大笑三聲，只聽他全身一陣「咇咇卟卟」的輕響，全身衣襟、鬢髮、手背、臉上所沾的冰雪，一齊震得飛碎迸裂：

「好，好，好！」

他一連說了三個「好」字，又道：「我當日不殺你，便是見你有此平齊天下的勇豪！」頓了一頓，李沉舟道：

「我當日未殺你，現在當然也沒有後悔……」

蕭秋水道：「幫主是個驕傲的人，大傲不必言悔！」

李沉舟又疲乏地微笑道：「大丈夫能生而無憾，死而無悔，真是談何容易？……恐怕只有燕狂徒這等人能夠做到罷了。」

蕭秋水心中一動，正想說「燕狂徒也有遺恨的事」，即要把李沉舟的身世，告知於他的時候，李沉舟忽然提出了一件事：

「江湖人傳，抗金的幾年來，你跟師容在一起，頗多流言，你知不知道？」

這句話問得蕭秋水爲之一怔。他行事素來不忌人言蜚語，但趙師容卻是李沉舟的人，這樣的事，試問又有誰能居之不疑，安之若素的？

李沉舟微微笑道：「這些傳言對我夫婦很是不利，你可知道？」他外表仍是如常地風采儼然，但不知爲何，在這冰天雪地中，卻有一般狂焰在燃燒著，如同炙灼透紅的鐵叉，正在戳割著他痛苦的心腔。

——師容，師容……妳跟他一樣，就是要救岳飛……說什麼民族大義，說什麼勢所必爲，你們爲的究竟是誰？

——我偏不救！

趙師容悄悄來救岳飛，因爲她知道李沉舟必然不允。她知道這樣做，無疑等於違逆李沉舟，但她也知道，若李沉舟真個把救岳飛的義士都兜截了回去，李沉舟則成爲千古之罪人了。

——她寧可不聽李沉舟這次的話，也不願眼看李沉舟一世英名受損。

她偷偷地一個人來了。她自信自己的武功，現下雖不如李沉舟，也不及蕭秋水，但絕對可以應付得了秦檜座下那干狐群狗黨的。

卻不料來了個「關外三冠王」。看來「百里寒亭」已不好應付，「千里孤梅」更難纏。

但真正可怕的，恐怕是「萬里平原」。

雖然這人看來像個小孩子，手裡拿著根枯枝，腰畔懸著柄紙劍。

趙師容知道不可力敵，故笑道：「三位是前輩，我是晚輩，哪敢要求什麼？不過以三位前輩實力，在官宦虛位沈浮，未免太過可惜，權力幫說好說歹，也是天下第一大幫，三位如不覺委屈，只要隨我去見幫主一次，少說也有供奉之職，可說是身居數萬人之尊，三位何不略作考慮？」

殊不知「三冠王」遠在關外，而且是武林耆宿，對武林的名利得失反而司空見慣，並不珍惜，而對中土朝廷的榮華富貴，官場氣派，卻更渴求，所以趙師容這一番話，全生不了效。

那武官楊沂中，卻怕趙師容真的將這三個老怪物說服，當下嚷道：

「無恥妖女，叛君惑眾，來人呀——」

亭外立即爆起大聲答應，楊沂中頗覺恢復了幾分官威，便喝道：

「給我拿下！」

話未說完，趙師容的飛絮已捲住了他的頷頭，他的聲音悶在嘴裡，登時叫不出來，趙師容笑道：「拿下了！」

這時五六個官兵正衝入亭中來。趙師容的人本也嬌俏可喜，只因歲月是憂歡的臉，漸漸使她滄桑多，喜悅少而已。她的絮帶一捲一舒，直將那武將扔了出去，壓在那幾個正要衝進來的官兵身上，那幾人被壓得嘩嘩大叫，一齊退了出去。

千里孤梅銀眉一剔，叱道：「胡鬧！」

百里寒亭再也忍受不住，雙掌一交，劈了下去。

換作別人，見趙師容如此娉娉婷婷，輕衫單薄，可能便不忍下毒手加害，只是百里寒亭生性孤僻，而且一直受他的師姊千里孤梅的氣，所以脾氣壞到了極點，見到女人就恨得牙癢癢的，一下手，便是重手。

趙師容見百里寒亭一掌劈來，一聽風聲，知勢非同小可，皓腕一翻，便接了一掌。

千里孤梅忽喝了一聲：「小心！」

百里寒亭一呆，千里孤梅的小心二字，自是對他說的，但他自恃掌力過人，這一對掌，只有自己便宜的份兒，有什麼好「小心」的，當下不管一切，一掌開碑裂石般打了下去。

趙師容接下了這一掌，蹌蹌踉踉退了數步，血氣翻騰，百里寒亭卻怒吼了一聲。原來他那一掌拍下去時，卻覺手心一麻，又微微一痛，才瞥見趙師容玉手一翻，原來指縫夾有一口銀針；百里寒亭此驚非同小可，此怒更無可遏止，飛撲過去。

趙師容立即避開，她的輕功可以說是「權力幫」中最好的，所以百里寒亭連劈了幾掌，都打了個空。

趙師容的身法愈轉愈快，但百里寒亭東倏西竄，更快得沒了影子。過得了一會兒，趙師容「呼」地突圍而出，但百里寒亭緊躡追去，趙師容在寒林裡左穿右插，卻始終擺脫不了「百里寒亭」的追擊。

但是在這時，百里寒亭的追勢，終於慢了下來。

只聽萬里平原叱道：「老晁，快停下來！」

百里寒亭強自把穩椿子，不但氣喘吁吁，竟臉呈紫藍，十分可怖，而他的右手，也腫漲了兩倍，趙師容笑嘻嘻地將手中銀針一揚道：

「這口針就叫做『試毒銀針』；通常江湖中以銀針試食物中有無佈毒，卻不知毒就塗在這銀針上，這一試，反而丟了命。這是唐家精良的製作，晁先生能跑了這許久不倒，連我都非常佩服。」

說著竟笑嘻嘻向百里寒亭行起禮來了。原來趙師容這口銀針，是來自柳隨風的相贈，柳五原本是唐公公的弟子，對餵毒暗器，自有一番心得，所以昔年浣花一役中，南少林和尚大師死於柳隨風之手時，才誤認他是唐門中人。趙師容刺中百里寒亭之後，故意引他追跑，百里寒亭自恃輕功高強，沒料這一追一跑，血氣奔行，毒氣攻心，百里寒亭的內功，絕不如輕功那麼高，又哪裡禁受得了？

千里孤梅倉媼君冷哼一聲，罵道：「小妖女，敢要妳奶奶動手！」

趙師容被這一輪罵，臉色一冷，反罵道：「老妖婆，敢對你姑奶奶這般說話！」

千里孤梅銀眉幾乎連在一起，拐杖一起，直撞趙師容前胸！

趙師容知這千里孤梅很不好惹，當下小心應付，兩條飛絮，如彩鳳飛鸞一般，遊鬥這塞外女魔頭「千里孤梅」。

雪已幾乎完全止息了。

蕭秋水心急如焚，忍不住道：「李幫主，就算我有對不起你的地方，也請你放我一馬，讓岳元帥脫了險，你再找我算帳，我絕無怨言！」

李沉舟沒有直接回答他的問話，卻反問道：「先前幾批趕救岳飛的武林人，都給我叫『紅鳳凰』、『紫鳳凰』，『刀王』等趕走了……你知道這裡只有我單獨一人，就是因爲我要親來會你。」

蕭秋水搖首。他知道這不是好事，而且果然不是好事。李沉舟再問了一句：

「你記得我們在金頂上初見時，我說了一句有關將來的什麼話嗎？」

這次蕭秋水雖然點了點頭，可是李沉舟還是把他的話說了下去：

「我曾對你說：『現下武林中兩個最出風頭的年輕人，一個是你，一個就是皇甫高橋；我不殺你們，除非他先殺了你，或者你殺他之後……』你還記得嗎？」

蕭秋水瞳孔收縮。雪雖止了，但冷風割臉如刀。他忽然說：

「請李幫主也莫忘了您說過的另一句話。」

李沉舟笑笑道：「你說來聽聽。」

「您對我說過：『因爲你雖可怕，我卻不殺你，我要等你更可怕時，再來殺你。如果爲了一個人將來可能是他的勁敵便先要殺了，那我就不是李沉舟了。李沉舟不是這樣沒信心的人。』」蕭秋水轉述完了之後，誠懇地望著李沉舟，他希望重提這些話能使李沉舟有所改變。

可是李沉舟沒有。他只是靜默了一會，就道：「你已經夠可怕了。」

這簡簡單單的一句話，已表明了一切。連雪都不下了，連風都不吹了。李沉舟和蕭秋水相隔有五丈遠。李沉舟端坐低首，紋風不動。蕭秋水卻心急如焚。

——有人在他的勢力遠在你之上時會故作大方，但一旦有一日你的實力要強過他時，他原來的胸襟風度會變作向你壓榨粉碎的力量。

——李沉舟會不會也是這種人？

趙師容的彩帶，始終能困住千里孤梅如龍似虎的拐杖。

不過卻困不住千里孤梅的身影。

千里孤梅久戰不下，她的身法便圍繞著趙師容點溜溜轉，趙師容只覺眼花捺亂，「喙喙」兩聲，兩條本來已纏上了拐杖的飛絮，竟被沈重萬鈞的拐杖扯裂而斷！

趙師容手上沒有了兵器。

千里孤梅喋喋的笑聲，時在前，時在後，時在左，時在右，那拐杖招招不離她身上的要穴死穴。

趙師容甚至根本分不清千里孤梅在哪裡。

只見神光離合，乍陰乍陽，體迅飛忽，飄忽若神，趙師容呻吟了一聲，在這個時候，她忽然想起了三個人：

幫主李沉舟、兄弟蕭秋水、五公子柳隨風！

若這三個人任一人在，都能應付這個場面——可惜他們三個人都不在！

——他們在哪裡？

趙師容在這一剎那間，幾近呻吟的叫了一聲：

「沉舟。」

然後她的「五展梅」，如一朵梅花綻放般，終於出了手。

大地無聲。

這一場好靜的雪。

李沉舟沒有抬頭，遠山般的雙眉，像在沈思著什麼。

蕭秋水終於忍耐不住，踏前了一步。

李沉舟雙眉一剔，好像兩條龍，飛出了遠山。

蕭秋水一顆心怦怦亂跳。

李沉舟仍是沒有動靜，他低垂的眼光凝望著地上的雪，髣髴只有雪才值得他一看。

蕭秋水大著膽子，又跨進了一步。

他和李沉舟的距離，又縮短了一步。

李沉舟雙目又是一揚，直跳到高挺的鬢角去了。

蕭秋水的一顆心，幾乎停止跳動了。

不過李沉舟仍是沒有出手。

蕭秋水望著那無盡的雪，想到岳將軍的處境，而生大無畏的氣概……

他終於又多跨了一步。

第三步。

李沉舟這次雙眉不揚了，而是如鐵鎖橫江般，緊鎖在眉心。

眉心以下的臉孔，濃鬱一片，讓人看不清楚。

蕭秋水長吸了一口氣，又擬多跨出一步……

跨出了這一步，他就準備飛掠而起，脫離李沉舟那殺無赦的無形的殺氣網……

只是李沉舟會不會就在這第四步將跨未跨之際出手呢？

那無疑是蕭秋水氣勢上最弱的一刹間。

五展梅。

在擂臺上，南宮無傷曾以「五展梅」一式，連斷武當卓勁秋劍身、手指、手臂和人頭。

他的「五展梅」爲趙師容所授。

而今「五展梅」一出，連萬里平原也不及挽救。

千里孤梅已倒下。

分五爿倒下。

就似「五馬分屍」一般。

但是趙師容也退了七八步，她的臉色，就似死前那一陣紅灩，美得驚心，可是美得令人心碎，美得令人感覺到不久不長了……

蕭秋水第四步跨出。

就在他腳步剛起未落的一剎那，李沉舟驀然抬頭。

蕭秋水只覺那如冷潭般的目光搗散了他的心魄，而且竟一時凝定不起來。

但李沉舟沒有出手。

他只是問了一句話：

「如我此時不出手，你就投入我權力幫是不是？」

蕭秋水的腳仍懸在半空，踏下去既不是，收回來也不是。但他答得很爽快：

「是。」

李沉舟緩緩站起身，拂了拂他身上的白袍，雙手負手，悠然道：

「你看我李沉舟是威脅人的人嗎？」

蕭秋水楞了一會，才能會過意來，大喜過望，真有忍不住膜拜的衝動，又傻了一陣，囁嚅道：

「你……你……」最後大聲道：

「謝過李幫主！」便急急赴風波亭，李沉舟半轉過身子，倏道：

「不要叫我幫主。不管救不救得出岳將軍，你都不是我幫中人。」李沉舟淡淡一笑又道。

「你這種人，不是哪幫哪派都可以用得起的。龍飛於天，何人能困？」說著仰天長歎一聲，語音無限蕭索。

蕭秋水望著那落落寡歡的身形，心中一陣淒酸，只是急著要救人，一拱手道：

「李兄大恩，蕭秋水不敢或忘。他日容秋水捨身以報，就此告辭！」

說著正要動身，李沉舟卻霍然轉身，日光發出刀劍相交般的凌厲光芒：

「告辭什麼!?那是你我到了風波亭才說的話！」

一九八〇年八月廿三日

九弟自軍中返莊，「寂寞高手」出版前一日

三校於一九九三年十月廿四日與呼晴、孫符碌、何發戇、梁𧃉義、威記、陳心怡接待江蘇文藝出版社社長吳星飛於君悅，相見歡。

修訂於一九九八年十月十八日

因何梁遺失康重要事物又推搪支吾，因而大愠憎，要離去，我出面勸住／呼見面計劃變動，我甚不便，一一言明，伊能理解／是鐵時秦報告又一再誤事出事，令我恚怒／好不容易說服晴赴約，一波三折，玅甚氣甚／葉宋柳亦同時出動／款變／葉失誤，以致我電責方靜和，又因意外幾取消會晤／維對梁何等人搞出版事甚鼓勵支持並勸諭說明／海逸會聚，沙嗲王相晤，好好傾，影及時至，余又失誤，琁不來大損失，念則自絕後路／靜向方請教寫作／方決定不交予出書／儀正

式披露結婚大喜事／青建靜赴台
法／社友藝術中心大會

外一齣

季意

十六　秋水沉舟

這時趙師容臉色已由紅轉白，搖搖欲墜，楊沂中在亭外見到，喝道：

「上！」

率領官兵們一擁而上，趙師容抵擋了幾下，殺了幾人，已支持不住，那萬里平原俯身去看地上五爿段千里孤梅屍首，然後緩緩抬頭，大喝了一聲：

「滾出去！」

他的人雖幼小，聲音卻很蒼老，這一聲暴喝，將十數人嚇得登時住了手，退出亭外去，另外十數人只嚇得發楞，萬里平原忽爾如風捲起。

只見他東拿西抓，將那十七、八人，一一掟出亭外去，加了一句：

「守好囚車！」

楊沂中才如夢初醒，拔出朴子刀，去守他所要監斬的人。

萬里平原一步一步迫近趙師容，趙師容卻對這看來韶齡若孩童的人，打從心底裡冒起了一陣寒氣，只聽這「萬里平原」祈廿四冷冷地道：

「妳傷了我師弟，殺了我師妹，妳要付出代價。」

趙師容淒然一笑。

她心裡暗喚了聲：

「沉舟。」

卻發現她和李沉舟之間，還有好遠好遠的距離，既敬又愛，但無法相接近。

她爲感覺到此點而眼角有晶瑩的淚。

然後她想自絕經脈，但是萬里平原動手了，而且出手比她料想中要快，快得好多好多，就在趙師容未能有一切動作前，他已封了她身上所有能動作的穴道。

她這時手足冰冷，只聽萬里平原陰惻惻地笑道：「妳想死？我要妳嘗盡人間苦楚後再死。」

萬里平原竟伸手去剝她身上的衣服，趙師容這時只恨不得自己快點死，快點死去。

而她心裡一直狂喊著一個人的名字。

——沉舟，沉舟，沉舟……

可惜這個人又離得太遠，一直都是。

李沉舟和蕭秋水趕到的時候，趙師容已不成人形。李沉舟一到風波亭，他就感覺到不妙了，所以楊沂中的問喝，他根本沒有聽進去。

他飛身捲起，發出一聲狂嚎。

有兩三名官兵，以鬼頭刀向他砍去。

三把刀，都砍在李沉舟身上，但是那三個人，也給他內力硬生生震死。

換作平時，那三個官兵哪裡可能觸得及李沉舟的衣袂？可是現在，三柄刀都砍中了李沉舟。

李沉舟瘋了。

他撲入亭去時，萬里平原赤精著身子，反掠了出來！

在這一刹那，萬里平原雙掌猛擊李沉舟！

李沉舟沒有閃躲。

憤怒已使他忘了一切。

因爲那時候他正在聽到他妻子的最後一聲呼喚：

「沉舟……」

一切聲音都黯淡了下去。

只有兩聲巨響破寂響起！

那兩聲巨響來自他的骨骼上！

萬里平原擊中了他！

——這個人，就是從他妻子身上離開的人！

想到這裡，他猛地吐出一大口鮮血！

鮮血迎頭灑在萬里平原臉上，在這一剎那間，李沉舟的拳頭，已將他的左右脅骨劈裡啪啦，完全打碎！

但是萬里平原也真非同小可，這種情形之下，他居然還能逃！

他一旦開始逃，就沒有人能追趕得上他。

因爲他輕功第一！

就算受了傷，他還是第一！

的確沒有人能追得上萬里平原！

但是有人能「截」得住他！

迎面而來的是蕭秋水！

蕭秋水的古劍「長歌」，已化作「玉石俱焚」，迎面刺來！

萬里平原做夢都沒有想到中原有這樣的高手，而且不止一個！

更可怕的是，這些高手都不要命！

他只好抽出了紙劍！

他的紙劍剛要刺出，忽然覺得風湧雲動，他的輕功再好，也抵不過風，敵不過雲，他的紙劍再高，也刺不著風，殺不著雲。

所以他的身體，反被蕭秋水一劍自頂至胯，串了進去。

這是「忘情」十五法門中的「雲翳」訣。

萬里平原死時，百里寒亭也死了。

李沉舟揮出了他的拳。

楊沂中等人，早被這兩個形同瘋虎般的人，嚇得四散而竄。

然後李沉舟就站在那裡。

一直站在那裡。

站在那裡。

他沒有說一句話，也沒有說一個字。

這時天色漸漸暗沈，雲邊低灰的天空裡，好像還有一線暗紅色的夕照。

他就站在亭子裡。

他的五臟六腑，在沒有用真氣抵護之下，幾被萬里平原雙掌震離了原位，他肩上、背上、腹上，各嵌有一柄大刀。

但是他沒有拔。

任由鮮血流。

亭外也有一個人，他的胸膛也在淌著血。

他心裡也在淌著血。

——邱南顧……

——趙師容……

他驀然覺得，以前爲了一首詩，飛騎數百里的日子，湮遠無蹤了……

也不知過了多久，亭外的人終於說話了，他微趨前一步：

「幫主……」

那亭內的人的聲音似忽然間過了幾十年般蒼老：

「你先去救岳元帥出來。」

亭外的蕭秋水低首道：「是。」

正待向囚車行去，亭內的李沉舟忽又道：「慢。」

隔了半晌，只聽李沉舟喃喃自語道：「妳是爲了救岳飛，才來風波亭的，我先帶妳去把岳飛放出來，好不好……好不好呢？」

說到這裡，李沉舟的聲音像被什麼東西哽在喉裡，說不下去。但他還是繼續柔聲說道：

「妳……妳不要怕……那兒有柳五，……他先等著妳……保護著妳……我，我也快來了……妳放心……」

他將那輕衫輕輕柔覆在他妻子赤裸的身上，向囚車走去。

這時已是十二月末梢，歲寒將至，大地間一片茫茫白雪，遠處數點梅花。

李沉舟橫抱著趙師容的遺體，依然輕聲道：「喏，妳要救岳將軍，我便替妳放了將軍，就是妳救的……好不好呢？」李沉舟想到了昔日那一簇一簇黃花爬滿的地方，他跟趙師容在夕晚間在草地上打滾，看見那負情的雌鳥和殉情的雄鳥的情景，心頭一酸，竟自嘴角咯出了鮮血，卻沒有流一點淚。

他一面想著，一面走近囚車。

囚車裡有一個高大的人，披髮背向，寂然枯坐，不動不語。

蕭秋水卻驀然有一種感覺。

缺少了一種感覺的感覺。

缺少了一種像在關帝廟上，或大理獄中，那種朝覲一位自己畢生心儀的人的感覺！

蕭秋水覺得有些不妥的時候，李沉舟已踱到囚車的前面。

李沉舟一直在輕聲、不帶一絲驚擾的跟趙師容說話：「哪……小容易兒……這就是妳得意的事啦……妳親手將一位大人物放出來了……妳的心願完成了……」李沉舟說著的時候，心情完全回復到他往日跟趙師容初見的時候，那時候幫務還沒有那麼繁忙，他初見到她，不如現在的瞭解，但卻比現在懂得珍惜……

……他好久沒這麼珍惜過了。

——現在珍惜，是不是已太遲？

李沉舟心裡想著，恨不得死的是他自己。爲什麼死的不是他自己？

他不敢輕毫用力地使趙師容那軟若無骨的手，去開解囚車的鎖。蕭秋水這時正省覺到要提醒李沉舟時，但卻又不知不妥之處在哪裡。

就在這時，囚車粉碎！

一人自囚車中振身而起！

這人一起身，如雲蔽日，高大無已！

這人在他裂車而起的刹那間，左拳右掌，雙雙打在李沉舟的胸前！

這人出手極快，而且又是令人意料未及的狙擊，卻正好發生在李沉舟此刻心喪若死，全心全意在呵護著他已死的妻子身上！

也不知是避不過去，還是根本沒有閃避，「喀喇喇喇」連響，李沉舟左右脅骨全被震碎，那股大力，震得他向後一仰。

本來這兩股巨力侵至，只要藉力向後倒飛，倒可卸去部份勁道，可是這樣一來，哪裡還能摟住趙師容，趙師容的屍首就要摔到雪地上去了。

所以那一拳一掌打下來，李沉舟長吸一口氣，這兩下重擊，只打得他脅骨盡碎，他只稍微仰了一仰身，「格」地一聲，腰脊折斷，但他依然抱著趙師容，沒有放手。

那人見此，不禁爲之呆得一呆，已聽到一聲厲嘯！

一人已在盛怒中攔在李沉舟的身前！

蕭秋水！

蕭秋水在悲憤若狂中，聽到了那人哈哈大笑。

那人笑聲轟若雷震。笑完了他才說：

「權力幫與我爭鬥二十餘年，今天才算有了結果。」那人開心至極：

「我朱大天王贏了。」

這人當然不是別人，正是朱俠武。

李沉舟這時臉白如紙，在北風狂吼中，他小心地抱著趙師容，跪了下來，說：

「……這樣……也好……我可以……跟妳一起……去見……柳五……」他說一個字，即嘔出一口血，每咯一口血，臉色就更慘白。最後他的臉色已慘白如雪。

蕭秋水熱血沸騰，按捺不住，衝過去大聲喊道：「幫主……你不能死！你父親就是燕徒狂，他……他死了……你一定要活下來……」

可是李沉舟已將膝橫置著趙師容，他的臉垂落在她的胸前，死了。

蕭秋水只覺得天地之間，一時盡是生死二字：生有何歡，死有何悲？他蹲了下來，雙手搭在李沉舟的肩上，他的雙手，也強烈地顫抖了起來！

卻沒料到這時，朱俠武已偷偷欺近了他。

蕭秋水驀然憬悟，那當日在振眉閣時被偷襲前一刹那的感覺……

就在這時，朱大天王已出手！

右掌劈蕭秋水背心「陶道穴」，左拳捶擊他的「脊中穴」！

蕭秋水大喝一聲，閃躲無及！

就算他閃躲得及，也不想朱大天王打不中他，而打著了李沉舟夫婦的屍身！

所以他一仰腰，一招「驚天一劍」，倒刺出去！

這一劍之快，天地所未見！

朱俠武先出手，眼見擊空，掌拳一沈，擊著了蕭秋水的胸口！

但蕭秋水一劍，也刺中了他的左胸！

朱大天王怪叫一聲，撤手身退，劍已入肉五分！

蕭秋水「颼」地身子一彈，半空旋身，橫劍面對朱大天王。

朱大天王胸部負傷，十分震訝蕭秋水在重傷之餘，還有這反擊一劍的驚人體力。

他的血自鐵鑄般胸膛滲了出來，朱大天王稍稍有些不安起來，他出道以來，幾曾這般受傷過？

——而且居然傷在這樣一個早已負傷的年輕人劍下。

就在這時，蕭秋水那完美無缺的架式，忽然有了破綻。

只見蕭秋水稍微有些恍惚，跟著下來便是輕微的顫抖，然後連立足也開始不穩起來了。

原來自朱順水在石室抓傷蕭秋水起，一直趕到風波亭爲止，已流了不少血，目睹李沉舟、趙師容之死，又令他血氣翻騰，無法壓制，加上朱俠武一掌一拳，蕭秋水已受了極爲沈重的內外傷，實無法再撐得下去了。

朱俠武的眼睛亮了。

自從殺了燕狂徒，得悉：天正、太禪、柳五、唐宋、唐絕、慕容世情、墨夜雨、唐君秋、唐君傷等互拚身亡後，以及「塞外三冠王」殺了趙師容，朱順水與裘無意同歸於盡後，武林中，就只剩下了李沉舟、他和蕭秋水三分天下！

而今李沉舟又為他所殺，就只剩下蕭秋水了！

本來他先受了點傷，著實有些慌張，而今看來，蕭秋水的傷勢，實比他嚴重一倍有餘。

只要殺了蕭秋水，天下武林就是他的了！

想到這裡，他就以凜厲無比的聲勢，迫進了一步！

可是這個看來幾近重傷軟癱的青年，忽然又揚眉振作起來，一下子，在冬日的陽光又稍現出一點兒微芒的時分，捏起劍訣，在冬雪中，凜然不懼。

朱俠武先是楞了一楞，隨而獰笑了。

冬天的太陽，是冬寒，不是冬暖。

他知道這青年能維持下去的精神氣魄，來自何處。

於是他說：

「你還想救岳飛麼？他已死了。他確實就在大理獄中，你們闖進去，沒把他救出來，秦相爺一橫心，聖上即將岳飛處死。」

朱俠武的聲音，沒有抑揚頓挫，但每一個字，都像一面大鼓，敲打得蕭秋水心魄俱裂。

朱俠武眼睛發著亮，還補充了一句：

「岳飛就在獄中，被拉脅而死！」

蕭秋水狂嚎一聲，仗劍衝了過來，架勢全失，章法全無！

——忘情天書一十五訣，最主要的法門就是「忘情」二字。

——可是此刻的蕭秋水又怎能忘情!?

所以他劍勢未完成，就飛了起來。

朱俠武輕易把他擊飛。

蕭秋水落在丈外，不斷地吐血。

朱俠武笑了：

「你認命吧。我姓朱，叫俠武，號稱大天王，這天下武林，自是非我莫屬的了。」

蕭秋水不知有沒有聽到，可是他的鬥志，已如他的一顆心一般，形同粉碎了。

正在這時，忽聽一人朗聲道：

「朱大天王，你少賣狂！」

另一個清晰妙音道：「你做出這等卑鄙的偷襲技倆，枉你爲武林一代宗師。」

另一沈實的聲音道：「使出你的『少林拳』、『武當掌』吧，我們以『忘情一十五式』領教。」

說話的人，正是琴劍溫艷陽、笛劍江秀音、胡劍登雕樑。

「三才劍客」。

朱大天王不認識這三人。

登雕樑、江秀音、溫艷陽三人，本身就十分淡泊名利，他們只迷醉在音樂的境界中，一直甚少與人交手，所以才會在「忘情天書」一十五訣後，一再考較蕭秋水，直至將一十五法門盡傳蕭秋水後，他們又放隱山林，吟唱詠賞，各自創奏新調，終於完成了那一曲「天下有雪」。

朱俠武見這三人名不見經傳，當然沒有放在眼裡。

他一出手就是「少林拳」、「武當掌」。

他的天下已定。

燕狂徒爲他所殺。

李沉舟已死。

蕭秋水受重傷。

他自己雖然也受了些傷，但傷無大礙。

只是他素來小心慎重，見這三人莫測高深，也留上了心，所以出手分量絕不輕。

多年前他就能把武當、少林的武功融匯貫通，而在近年來又將武當所有武功及少林七十二技，盡融入自己一拳一掌中。

所以他的拳掌看來招式平凡，卻是兩派武學之菁華。

只是他一上來，還是犯了輕敵之失。

登雕樑在二胡中出劍，劍法幽怨但捷迅，江秀音在笛子中出劍，劍意輕靈多幻變，溫艷陽在揚琴中出劍，劍勢急疾，婉約深情。

在三種樂器呼嘯聲中，朱大天王立時掛了彩。

他這時才知道這三人非同小可，不可小覷。

但是「琴、笛、胡」三劍的功力，實遠不如朱大天王。溫艷陽、江秀音、登雕樑三人，便是爲了不想在武學上多作浸淫，所以才將武功盡傳於蕭秋水，退隱作曲彈琴去的，所以在這一段日子裡，武藝更是荒疏。

「忘情天書」上的武功，是遇強愈強，但朱大天王的武功，一旦發揮，武當補少林柔勁之不足，少林補武當威力之未當，加上豐富的應敵經驗，「三才劍客」如何取之得下？

就在這時，三人心意相同，互望一眼，三劍音嘯之中，使出了「滿江紅」一曲的劍法！

這「滿江紅」一曲，原是溫、登、江三人，爲岳飛所塡的詞「滿江紅」而作的。「滿江紅」是岳飛所寫的氣象萬千、氣魄震日月之詞，當時自軍戎中一直流傳到民間，已膾炙人口，宋高宗後暗下令禁這首詞，且按下不表，這三才劍客卻喜歡至極，所以爲這闕詞譜了首曲子。

這時三人便是想以「滿江紅」的正氣長歌來鎭壓朱大天王！

但是這一首曲子，清厲激昂，使得重傷倒地了無生趣的蕭秋水，奮昂圖起。蕭秋水一聽這首曲子，即想到流傳甚廣，而自己最是喜歡的「滿江紅」一詞。大凡好的曲子，只適合一闕歌詞，這叫天造地設，反之亦然，蕭秋水在未出道時，也是詩樂中的有心人，而今一聽之下，激奮了他當日的情豪！

他掙扎欲起，受傷的胸前一陣疼痛，原來這一掙動正觸及了他胸口傷處。

他用手一摸，便摸出了一面小令，這令旂銀光耀目，因鮮血沾染看來，竟出現數行小字！

這時日光微映雪光寒，原來這「天下英雄令」的背面，本就鐫有幾行小字，只是因鐵色銀炫，所以看不仔細，而經鮮血一醮，就更加明晰。

這幾行小字，也沒有什麼特別，卻正是岳飛「滿江紅」的詞：

「怒髮衝冠，憑闌處，瀟瀟雨歇。抬望眼、仰天長嘯，壯懷激烈。三十功名塵與土，八千里路雲和月。莫等閒白了少年頭，空悲切。靖康恥，猶未雪。臣子恨，何時滅？駕長車踏破，賀蘭山缺。壯志饑餐胡虜肉，笑談渴飲匈奴血，待從頭收拾舊山河，朝天闕。」

待和著鮮血，讀到「朝天闕」三字，想到岳飛慘死，蕭秋水一股崩天裂地般的氣慨，莫可抑止，長嘯一聲，也不知哪來的力量，一躍而起。

在這同時間，三才劍客已失手。

他們三人以「滿江紅」的氣勢，來壓制朱大天王威猛攻勢，本是對的，可惜他們三人在音韻上雖可捕捉岳飛的心情，但在劍法上，卻未能臻至那種境界。

尤其是「滿江紅」如此自抒懷抱，氣節孤忠，三人使來，力有未逮，朱大天王是何樣人物，戰得一會，便洞透三人性情，擠著在雙臂挨了登雕樑、溫艷陽各一劍，但一拳一掌，打著了江秀音。

江秀音是三才劍客中最弱的一環，哀呼一聲，便翻跌出去，眼見不活了。

登雕樑、溫艷陽頓時心中大亂，原來他們對這小師妹暗中相戀，已好久的事了，但他們三人，一直怕傷害對方，故皆未表達，而寧可佯作不知，繼續三位一體般的生活，作曲奏樂，賞玩於山水之間。

而今江秀音一倒，登雕樑和溫艷陽都沒了鬥志，返身欲救，朱大天王哪肯放過機會，拳掌齊出，「砰砰」兩聲，擊中兩人背心，二人同哼一聲，便如斷線風箏般飛跌出尋丈外。

朱大天王擊倒了三人，情知這三人已難有活命之理，甚是高興，更欣悅的是自己以拳掌擊敗了名滿江湖的「忘情天書」中的高招，這忽兒間，朱俠武真可謂躊躇滿志至極，不禁大笑起來。

但下一瞬間，一聲大喝，將他的狂笑聲切斷。

蕭秋水巍然站起。

他正好目睹朱俠武重創三人的劣行，只覺一股可共天地比久長的浩氣，自心中激遊全身，想起「朝天闕」三字的筆意，以「忘情天書」中的「日明」一式，飛襲朱大天王！

朱大天王在得意中，乍見蕭秋水如天神般地站起，心頭已為之一愣。

他前胸、雙臂都受了傷，蕭秋水這一擊，卻是仗「忘情」十五訣中的「日明」，以及整個「滿江紅」詞曲所帶給他的氣勢，加上他自己的功力修為，三樣合而為一所使出來的奮力一擊。

朱大天王只覺眼前日光燦然，耀眼生花，炎陽如炙，叫他無處可遁！

冬日裡怎會有這種烈陽？

——但他已永遠無法找到答案！

朱大天王死。

蕭秋水倚劍於地，他的鮮血流了一地。

一地皚皚白雪，襯著幾點斑斑血紅。

笛劍江秀音，因中了朱俠武一拳一掌，已然氣絕，登雕樑、溫艷陽二人，因只著一掌一拳，還有一口氣在。

兩人艱辛地爬近江秀音遺骸旁邊，兩人慘然一笑，登雕樑道：

「我們……沒有傳錯了人。」

溫艷陽點頭，道：「這樣也好……三人死在一塊兒，就像他們一樣。」

登雕樑和蕭秋水都向溫艷陽所指處望去，只見雪地之中，李沉舟鬢髮全白，正伏在趙師容身上，天地間所發生的一切，與他倆似已全無關係。

登雕樑困難地道：「是……是很好……」

溫艷陽吃力地叫了一聲：「登師兄。」

登雕樑嗯了一聲，溫艷陽慘笑道：

「我們……我們爲我們三人……奏一曲『天下有雪』好嗎？」

登雕樑點頭，兩人一琴一胡，盤膝而坐，在雪地上，江秀音身邊奏起樂來，兩人神色斐然，樂韻也似一切都過去了的白雪遍地。世間一切的感情、名利、鬥爭、變遷……都逝如雲煙，轉眼只剩冬雪無垠……蕭秋水聽得熱淚滿眶，忽樂絕弦斷，登雕樑、溫艷陽也在樂韻中氣絕人亡。

蕭秋水只覺一陣恍惚，忽聞有人奔馳過來的沓雜之聲，原來是胡福、李黑、陳見鬼、鐵星月、大肚和尚、藺俊龍、洪華、施月等人趕了過來，卻獨不見了唐方。

鐵星月一見蕭秋水，甚是欣喜，叫道：「大哥你還在這裡！唐方已返回蜀中去了……她叫你不要找她……」

蕭秋水聽得心口一痛，眾人這才看見屍橫遍地，蕭秋水也神色蒼蒼，遍身血跡斑斑。這時大肚和尚還橫抱著邱南顧的屍身，趕了過來，他始終以爲邱南顧未死，不肯殮葬，一直念著經文，停了一停，又俯向邱南顧屍旁道：

「我已爲你念千遍經文了，怎麼你還不醒醒……」

邱南顧哪能回答。蕭秋水想起岳飛、李沉舟、燕狂徒，柳五、趙師容、天正、太禪、裘無意、梁斗，甚至還有結義了又背叛的兄弟，以及朱俠武、朱順水等人，一一浮逝，此時耳際卻響起適才溫艷陽、登雕樑所奏的「天下有雪」。天地蒼茫，風雪人間……卻是何時，雪才消融呢？

蕭秋水如此想著，兩行熱淚，流下臉頰來。「啪登」一聲，所仗倚的古劍「長歌」承受不住如許壓力，終告折斷爲二。蕭秋水黯然長歎，拋開斷劍，在天地一片白茫茫中孑然行去，眾人待喚：「蕭大哥，蕭大哥……」卻瞬息間不知行蹤。

完稿於一九八〇年八月廿五日
明遠版「神血」十二書交印后
校於一九八四年七月一日
計劃十年來第十六次返馬行
修訂於一九九三年十月
十八、十九日
安徽文藝出版社將匯三叢刊五
愛情推理及六人幫系列版稅至／
痖弦信約稿並寄回我推薦之稿件
／江蘇文藝出版社來港付我版稅
／我委託交辦案子將上庭／S信
繼續好玩／寥湮、何花痴、梁劈
屎書展處向吳先生取得我版稅／
「東方武俠」大幅度刊出「絕對
不要惹我」及圖文介紹／星洲聯

合報潘正鐳約稿／黃師函好意再修訂於一九九八年十月十九日因打風溫俠刊延後出刊／鄭已寄出支票／宋接暮木訊經分析有成就／陳傳真報訊急並祝賀／孫來信說明出國行藏／方辦證成功／余來ＦＡＸ招積我激烈回覆／晚大伙與方看「雷霆」／常智電告前半年結款單匯報／梁急反誤事，買錯票／大家議訂出版大事是否邀舒參與／香格里拉溫靜方何梁余會聚／梁回金屋見重要傳訊

《天下有雪》完

作者通訊處：香港北角郵箱

54638號
作者傳真：（852）28115237
（86755）25861868

溫瑞安相關網頁：
www.6fun5.com（六分半堂）
www.wenruian.com（神州奇俠—溫瑞安官方網站）
www.xiaolou.com（神侯府小樓）
新浪網之溫瑞安網頁
www.book.txsm.cn（天下書盟之溫瑞安專版）

【武俠經典新版】

神州奇俠（卷八）天下有雪 大結局

作者：溫瑞安
發行人：陳曉林
出版所：風雲時代出版股份有限公司
地址：10576台北市民生東路五段178號7樓之3
電話：(02) 2756-0949
傳真：(02) 2765-3799
執行主編：劉宇青
美術設計：許惠芳
業務總監：張瑋鳳
初版日期：2024年5月新版一刷
版權授權：溫瑞安
ISBN：978-626-7369-57-9
風雲書網：http://www.eastbooks.com.tw
官方部落格：http://eastbooks.pixnet.net/blog
Facebook：http://www.facebook.com/h7560949
E-mail：h7560949@ms15.hinet.net
劃撥帳號：12043291
戶名：風雲時代出版股份有限公司
風雲發行所：33373桃園市龜山區公西村2鄰復興街304巷96號
電話：(03) 318-1378
傳真：(03) 318-1378
法律顧問：永然法律事務所 李永然律師
　　　　　北辰著作權事務所 蕭雄淋律師
行政院新聞局局版台業字第3595號 營利事業統一編號22759935

國家圖書館出版品預行編目資料

神州奇俠／溫瑞安 著. -- 臺北市：風雲時代出版股份有限公司,，2024.01-　冊；公分
武俠經典新版

ISBN 978-626-7369-57-9（第8冊：平裝）

1.武俠小說

857.9　　112019839